名/家/散/文　学/生/读/本

意林

名家散文学生读本

有花开在无声的夜

鲁先圣 著

中国人民大学出版社
· 北京 ·

图书在版编目（CIP）数据

有花开在无声的夜 / 鲁先圣著. —北京：中国人民大学出版社，2019.12

ISBN 978-7-300-27463-8

Ⅰ. ①有… Ⅱ. ①鲁… Ⅲ. ①散文集－中国－当代 Ⅳ. ①I267.1

中国版本图书馆CIP数据核字(2019)第212881号

有花开在无声的夜

鲁先圣　著

You Hua Kaizai Wusheng de Ye

出版发行	中国人民大学出版社		
社　　址	北京中关村大街31号	邮政编码	100080
电　　话	010-62511242（总编室）		010-62511770（质管部）
	010-82501766（邮购部）		010-62514148（门市部）
	010-62515195（发行公司）		010-62515275（盗版举报）
网　　址	http://www.crup.com.cn		
	http://www.ttrnet.com（人大教研网）		
经　　销	新华书店		
印　　刷	天津中印联印务有限公司		
规　　格	166mm × 235mm 16开本	版　　次	2019年12月第1版
印　　张	13.5　插页5	印　　次	2019年12月第1次印刷
字　　数	190 000	定　　价	39.00元

目录

每个人都是一朵独特的花

目录

找一个动听的理由

目录

人生有诗和远方

目录

只记住那些感动和美好

最美丽的星空

每一个人都是一朵独特的花。

我们无法选择自己，但是可以选择生活，只要我们不怨天尤人、自暴自弃，能够像花朵一样努力开放，我们就不会被平庸的土壤埋没。

每个人都是一朵独特的花

白手起家，不能手无寸铁

我们常常说，“人可以白手起家，但不能手无寸铁”。这里的“铁”，就是一个人立身处世的资本和能耐，也可以说是一个人创业的本领。

哈佛大学教授哈恩曼曾经这样说：即使你再羸弱、再贫穷、再普通，你仍然拥有别人羡慕的优势。对于梦想难成真的人来说，不是缺少才能，而是缺少对自己才能的发现，缺少对自己人生价值的开发利用。

美国人马克·吐温作为职业作家和演说家，在文学领域和演说领域取得了极大的成功，成为世界范围内受人尊敬的文学和演说大师。但是，在选择文学和演说之前，他曾经试图成为一名商人。他先是投资开发打印机，花费了整整3年的时间，最后把千辛万苦借来的5万美元赔光了。他又发现出版商因为发行他的著作而赚了大钱。他很不服气，心想：我自己写了文章，自己出版发行，所有的利润不就都是自己的吗？为何不自己开一家出版公司呢？他于是又投资开了一家出版公司。但是，他不知道，写作与经商是截然不同的两回事。他很快就因为债务陷入了困境，出版公司破产了，他也陷入了更大的债务危机当中。

经过两次经商失败的打击，马克·吐温终于认识到自己在经商方面的无能，他彻底断绝了经商的念头。痛定思痛，他发现自己没有找到自己的强项，自己虽有写作和演讲的才能，却没有很好地利用它们。认识到这一点后，他开始全国巡回演讲，在演讲的间隙埋头写作。很快，风趣幽默的马克·吐温声名大噪，成为全国知名的演说家，很多作品也迅速走红。

美国政治家富兰克林说：“宝贝放错了地方就是废物。”马克·吐温经商的经历就是把宝贝放错了地方。尺有所短，寸有所长。你也许兴趣广泛，掌握多种技能，但是，在所有的技能中，总有一个最强项。成功者的原则是：去选择最能够使自己的长处得以发挥的职业。因为，唯有充分利用自己的长处，才能够让自己的人生增值；相反，如果总是选择自己的短处，你的人生就只能贬值了。

很显然，一个人的成功，来自对自己优势的发现，来自对自己所从事的事业的专注和投入，来自对自己事业的无怨无悔！而这些，正是一个成功者必备的人生之“铁”。

当你发现并培养了自己手中之“铁”的时候，等待你去采摘的，都是人生甘甜的果实。

（本文选入2011年福建省福州市中考语文试卷“现代文阅读”）

他不是小溪，是大海

任何一个热爱音乐的人，都不会绕过巴赫。他第一个把各国不同风格的音乐成功地糅合在一起，他为人类谱写了几百首不朽的传世乐章，他一生的创作被后人评价为“使音乐达到了前无古人、后无来者的顶点”。在巴赫以后出现的世界上所有伟大的音乐家，几乎全部受过他的滋养。

但是，就是这样一位伟大的音乐家，却在有生之年一直没有摆脱卑微的职位和贫穷的窘迫。

巴赫于1685年出生在德国中部的艾森纳赫。虽然这是一个小城镇，可它的市民却酷爱音乐。该市古老的城门上就刻着“音乐常在我们的市镇中照耀”的字样。中世纪的吟歌者，经常手执竖琴，在这里吟唱诗歌并举行歌唱比赛。巴赫家族是地地道道的音乐世家，他父亲是一位优秀的小提琴手，祖父的兄弟中有两位是具有天赋的作曲家，叔伯兄弟姐妹中有几位是颇受尊敬的音乐家。

对于具有极高音乐天赋的小巴赫来说，在这样的家庭成长原是十分幸运的，然而命运之神却给这位未来的伟大音乐家安排了巨大的磨难：他9岁丧母，10岁丧父，只得靠大哥抚养。尽管家里存放着大量音乐资料，可专横的兄长就是不允许他翻阅学习，无论他怎样苦苦恳求也无济于事。

小巴赫只得趁哥哥离家外出与深夜熟睡之际，在月光下偷偷地把心爱的曲谱一笔一画地抄下来，历时长达半年之久，因而大大损坏了他的视力，导致他晚年不得不在双目失明的痛苦中度过。但是，他对于音乐的执着并没有打动兄长。当兄长发现了弟弟的秘密时，不仅无情地没收了小巴赫的全部心血，而且严厉地惩罚了他。

15岁的巴赫忍受不了兄长的虐待，只身离家，走上了独立生活的道路。他靠美妙的歌喉与出色的古钢琴、小提琴、管风琴演奏技艺，被吕奈堡米夏埃利斯教堂附设的唱诗班录取，同时进入学校学习。这里的图书馆藏有丰富的古典音乐作品，巴赫一头钻进去，汲取、融合着欧洲各种流派的艺术成就，开阔了自己的音乐视野。为了练琴，他常常彻夜不眠。每逢假日，他都要步行数十里去汉堡聆听名家的演奏。

巴赫曾向许多有名的音乐家请教，却从未得到过一位正式老师长期的指导。但正因如此，他如同一只辛勤的蜜蜂，到处寻找与吮吸营养。后来，他在一支室内乐队当一名小提琴手。在随后的20年中，巴赫主要是以一位风琴家的身份闻名，虽然他还是一位作曲家、教师以及乐队指挥。1723年，38岁的巴赫开始在莱比锡的圣·托马斯教堂任歌咏班的领唱，他在余生的27年中一直从事着这份收入很低的卑微的工作。

巴赫从未居过高位，他的生活一直是勉强能养家糊口，他在有生之年远不如莫扎特、贝多芬、李斯特和肖邦那样闻名，有些雇主甚至并不赏识他的才能。莱比锡教会最开始希望能聘到一位“第一流音乐家”，只是他们未能雇上最初认定的两位人选，在无可奈何的情况下才让巴赫担任歌咏班的领唱。

在巴赫的一生中，贫困与死亡像一对可怕的魔影紧紧相随。

巴赫是一位多产的作曲家，写出了800多首知名乐曲。在这些作品中，巴赫抒发了对人类灾难、痛苦的怜悯、同情，以及对和平与幸福的渴望。与前人的作品相比，巴赫的作品更为广阔地揭示了人的内心世界。

但是，巴赫在世时，他的作品一直不为人们所欣赏。他既没有显赫的地位，也没有赢得社会的承认，是后来的莫扎特和贝多芬首先发现了他的宝贵价值。他们为巴赫音乐的深刻、完美与无懈可击所折服。当贝多芬第一次看到巴赫的某些作品时，他不禁惊叹道："他不是小溪（巴赫的名字是'小溪'的意思），是大海！"

今天，全世界许多音乐场所都在演奏巴赫的音乐，巴赫被称为"不可超越的大师"。世界公认：他的出生，是音乐的幸运，也是世界的幸运。

（本文选入2013年山东省烟台市高三语文第二次模拟试卷）

绝　境

我常常想到“绝境”这个凄凉的境遇。想到绝境的时候，自然就想到了因处于绝境而生得壮丽、生得热烈的人们。比如苏东坡，被放逐到僻远的黄州，远离自己的家眷，处在了绝境之中，但是，这个绝境却成全了苏东坡。凄苦的黄州生活，那种富丽世界的轰然倒塌，混迹于樵妇渔夫间的身影，使他得以体察认识民间的疾苦，使我们这个民族从此也有了优美的黄州诗文。黄州这个绝境，使苏东坡的生命达到了前所未有的人生高度。

比如司马迁，只因替兵败投降匈奴的李陵说了句体谅的话，得罪了汉武帝，而遭受“腐刑”。这种对生命的极大摧残与耻辱，将才高气傲的司马迁逼到了绝境。他想到了死，却又从“西伯拘而演《周易》，仲尼厄而作《春秋》；屈原放逐，乃赋《离骚》；左丘失明，厥有《国语》”等贤者的遭遇中得到深切的体悟，于是“就极刑而无愠色”，决心“隐忍苟活”。他虽然“每念斯耻，汗未尝不发背沾衣”，却从此绝了官欲、绝了俗欲，从自己的不幸遭遇中生发出空前的力量与勇气，完成了“究天人之际，通古今之变，成一家之言”的《史记》。

再比如远在法国的因穷困潦倒被债主所逼，躲到一个小破阁楼上逃债的巴尔扎克，到了只靠喝咖啡充饥的绝境，终于悟到了那世界的虚荣与奢华原不是为自己而设的，于是发奋写作，人类从此有了伟大的《人间喜剧》。

绝境，在绵延的历史长河中立起了一座座不朽的生命丰碑。那些被逼到了绝境的人们，那些已无路可走的人们，在绝境这个苍凉的荒野中，不仅没有走向毁灭，反而让自己的人生在这里升华成一种前所未有的风景。

毫无疑问，绝境是一种铸造伟大人生的境遇。中国古代的军事家发现了这个秘密，为千百年绵延不绝的战争提出了一项经典策略：置之死地而后生。这项策略在不可尽数的历史战争中被使用过了，又一次次地提供了胜利者的印证。

置之死地而后生。彻底没有了希望，绝望，才会焕发出不可遏止的能量，去寻找希望的光芒。失败了，败得一无所有，败得前功尽弃，才没有了任何先前的框架与束缚，全身心地去探索新的可能。人生中，心灵的坚强与勇气是主导方向的罗盘。一个人只要心灵不死，只要保持着心灵的不屈与英勇，绝境只能是给自己人生的又一次机会、又一种可能，因为，它是一个阶段的人生结论，而不是人生的全部。人生是由无数个局部的片段组成的。我们所看到的任何一种人生，不论其光芒万丈，还是穷困潦倒，都不是其真正的面貌，那只是其中一个阶段的写照而已。

绝境给予人的启悟是难以估量的。它是理性人生的转折点，是伟大人生的乐园，是使一个人摆脱平庸世俗的家园，同时又是渺小人生的葬身地。在这个境遇里，不可尽数的是那些为命运所掳、为人生所累，只看到局部人生的人们。这些人，处在绝境中，只是抓着过去的绳索呐喊，祈求再给自己一次机会、给自己留下一条路，于是都被过去的岁月很轻蔑地杀死在了绝境的墓穴里。

杰出的英雄因走进了绝境而顿悟，使自己的人生焕发出了灿烂的光芒；平庸的过客则因走进了绝境而被逐出了这个世界。

（本文选入2015年湖北省利川市文斗乡长顺初级中学
九年级语文下学期第一次月考试卷）

卖豆浆的孩子

在我居住的小区门口，有一个天天早晨卖豆浆的孩子，这个孩子有十一二岁的年龄。他在这个地方卖了多少天，我不得而知。我只知道，从我不久前搬到这里来住起，每天早晨的六点多钟开始，这个孩子就在小区门口吆喝他的鲜豆浆了。

最初发现这个卖豆浆的孩子，我以为是孩子的父母正巧这几天有什么事，让孩子代替几天罢了，也没有过多地注意。但是，时间一天一天过去，门口吆喝鲜豆浆的却一直是这个孩子。一种好奇心驱使着我走出了家门，我实在是想了解个究竟。

有时候，买豆浆的人很多。只见他很用力地用那个很大的铁皮瓢，一下一下地，从那个大塑料桶里往外舀清水，添加到豆浆机里，又很熟练地在豆浆机的出口用塑料袋接豆浆。五角钱一份，他很熟练地算账、找钱、舀豆浆，有条不紊。盛清水的塑料桶有一米多高，放在一辆三轮车上。当卖去一半多以后，再舀，他的臂膀就不够长了。这时候，他往往就将半个身子趴在桶边上。我的心中有很多的疑问与不解：在当今这个时候，这么小的孩子，应该是早晨被父母吆喝起来吃早点去上学的，而他却早早地在这里卖豆浆了。他一定有一个不同寻常的家庭，有着许多同龄孩子所没有的经历和背景。我总想找个机会与他攀谈，但看到他辛苦忙碌的样子，我虽然急于了解，却又不忍心打扰。

这一天，下了小雨，但是，孩子的吆喝声依然准时传来。我从家里走出来，发现他依然像往日一样站在小区的门口磨着豆浆。买豆浆的人很少，到我买的时候，我趁着没有人，就问他："你的爸爸妈妈呢，怎么天天就你一个人？"他回答说，爸爸妈妈在另外两个地方卖。我又问他卖了多长时间，他说一年多了，从10岁开始就卖。看着面前这个孩子，我心里很不是滋味。10岁，他就开始为生计而早起了。他不是短短的几天代替父母，而是承担了家庭中谋生计的一份责任，或者说，他从10岁开始就有了一种职业。

我问他："卖豆浆不影响学习吗，起这么早？"他说："没事，卖完了再去，在班里还是最早到的呢！"孩子生得虎头虎脑，极壮健，很精神，两只眼睛明亮而有神。他已经没有了一个十一二岁孩子所有的那些稚嫩与娇气，而平添了一份成熟、几分老练、一些骨气，而且，我还看到了一种生命的勇气与坚强。

当时，小雨一直在下，他的头发和一件小背心都淋湿了。这个时候，走过来一个领孩子去上学的女人。那孩子穿了一件夹衣，女人给孩子打着一把美丽的伞。那个孩子也是十一二岁的年龄。

站在两个孩子之间，我不由自主地摇了摇头。那个孩子现在是幸福的，但这个卖豆浆的孩子呢？我无言以对。后来，我听别人讲，这个孩子的父母原来都在一个工厂里上班。工厂停产放假了，他们就做起卖豆浆的生意了。

每天见到这个卖豆浆的孩子，我的心里便有许多苦涩的东西在流淌。我想，我不能够责怪孩子的父母让这样小的孩子担负了生活的责任。或许这个孩子挣的这一份，就是他自己的生活费或学费；没有这一份收入，他就不能去读书了。

卖豆浆的孩子天天早上六点钟就在我居住小区的门口响亮地吆喊，这个声音成为我们居民生活中的一部分，听到这个声音的人们或者起床买早点，或者去上班，或者喊孩子起床，或者去做生意。而我，也总是在听到这个清脆的声音之后，放下台上正在读的书或停下写作的思路，走出家门，吸纳新鲜空气，驱除一夜伏案的劳累。

我总这样想，这个孩子今天卖豆浆的经历，一定是他将来人生的一笔财富。

（本文选入2016年江苏省无锡市初中毕业升学考试语文试题）

泰戈尔含泪而逝

对于一位已经获得了世界公认成就的伟大诗人来说，比如获得了诺贝尔文学奖的印度诗人泰戈尔，在他将要离开这个世界的时候，我们通常会认为他应该没有什么遗憾了。

可是，台湾的林清玄先生描述过一个关于泰戈尔临终对话的细节，却否定了我们的这个观点。

泰戈尔临终前，有一位朋友来拜访他。朋友说："你已经写了许多诗歌。在你之前，没有人写过那么多诗歌。英国最伟大的诗人雪莱，只写了两千首诗，而你已经写了六千多首，而且每一首都像深海的珍珠与深山的钻石那么珍贵！所以，你死而无憾了！"

朋友说完，泰戈尔的眼中盈满泪水。

朋友说："你不是写过一首诗，说死亡是最伟大的朋友吗？"

泰戈尔说："不！我不是怕死，死与生一样美丽。我哭，是因为近来我写的诗歌越来越好。我的心还像个孩子，我的灵感越来越多；我越写诗，越多的好诗涌上我的心头。而现在我却要走了！真是不巧，到现在我才感觉自己正要写出真正的诗歌！"

泰戈尔含泪而逝。

读到这段描述的时候，我的眼中也充满泪水。

去年，我曾经接受邀请到山东旅游学院演讲。演讲的过程当中，有一个女学生举手示意想问我一个问题。主持人示意她站起来问。我看到她的眼睛里闪烁着求知和虔诚的光芒。她问我："老师，我经常在报刊上读到你发表的作品，也经常访问你的博客。我发现，你几乎每天都是凌晨3点更新博客，全国的报刊也几乎每天都有你的作品发表。我不明白的是，你怎么有那么旺盛的精力？你怎么有那么多的创作灵感？你怎么有这样坚忍不拔的意志？"

我停下演讲，回答这个女学生的问题。这个问题，我已经回答过无数的人了。每一次讲座，或者是参加一个笔会，都会遇到虔诚的文学青年问这个问题。

我说，我们都知道，达·芬奇是文艺复兴时期意大利最著名的艺术家，同时是画家、雕刻家、建筑师、工程师、音乐家、哲学家、科学家。他的绘画风格影响了几个世纪的西方艺术史，其代表作品《最后的晚餐》和《蒙娜丽莎》成为人类历史上的经典作品。1519年，达·芬奇客居法国，生命即将走到尽头。眼看属于自己的时间不多，很多理想都不能实现，他很痛苦地对身边的人说："我这一生不过是一次酣睡罢了，我一生一事无成。"

同样，还有一位我们所熟知的荷兰杰出画家梵·高，其作品《向日葵》自问世以来始终是世人所推崇的伟大杰作，他的许多作品现在都是价值连城。但是，他在生命的最后时刻，同样为自己没有取得事业成功而痛苦。在此之前，他烧掉了很多自己辛苦创作出的作品，因为离心中的"杰出"相差太远。当生命即将落下帷幕时，他对自己的弟弟说："我很痛苦，我一生一事无成。"

我说到这里的时候，看到那个女学生的脸上有了豁然开朗的神采。我想，她一定是弄明白了我讲这两个故事的用意。

我对在场的几百名大学生说："相比这两名伟大的人物，相比伟大的泰戈尔，我们算什么呢？一个人，如果他有远大的抱负，他就不会懒惰，也不会拘泥于一时一地的小小的得失，更不会每天在床上躺到太阳升起！你在远大抱负的指引之下，不断地向你理想的目标进发。随着你人生高度的不断提升，你的视野越发开阔，你的眼界越来越高，你洞察世界的目光越发锐利，你的灵感怎么能不越来越多？你的创作的源泉怎么能不越来越旺盛？而随着被你甩在身后的芸芸众生越来越多，你前面的人越来越少，你越来越领略到无限风光在险峰的奇美，你怎么能够愿意停下攀登的脚步？"

大学生们热烈地鼓起掌来，很多人站了起来。我知道，我的思考在他们的心中产生了共鸣，而我，也更加心潮澎湃地看到了自己的人生。

把未来和昨天关在门外

对于我们每一个人来说，生活中最重要的事情，不是每天遥望憧憬不可知的未来或者反思昨天，而是动手清理手边那些细小碎屑的、实实在在的事。

1871年的春天，英国蒙特瑞综合医科学校的学生威廉斯勒对人生中的许多问题充满困惑。他不知道应该怎样处理远大的理想和具体的身边小事，一个人应该有什么样的做事态度才能成功。他又认为手边的小事没有什么意义，甚至认为现在的学校生活枯燥乏味，没什么值得去用心的，因而他的成绩也每况愈下。他找他的老师探讨这些令他困惑的人生问题。他的老师推荐他阅读哲学家卡莱里写的一本哲学启蒙读物。老师说，这本书或许能帮助他解决困惑。

威廉斯勒是一个意志很坚定的青年，他一向不崇拜大人物，更不相信所谓的名人名言，对许多问题一向有独到的见解。但既然是老师推荐，他想或许真的有用。他拿过书漫不经心地浏览起来。

突然间，书中的一句话让他眼前一亮：“最重要的，就是不要去看远方模糊的未来，而是动手清理手边实实在在的最具体的事情。”

他恍然大悟：是啊，不论多么远大的理想，都需要一步步实现啊；

不论多么浩大的工程，都需要一砖一瓦垒起来啊！

他明白了，他的困惑解决了，他终于找到了人生的答案。他知道，那些远大的理想，应该让它们高悬在未来的天空中；最紧要的，是把手边的每一件具体的事做好，让自己时刻生活在今天。

也就是从那一天开始，1871年春天的一个下午，年轻的威廉斯勒开始埋头读书，因为他知道这是他目前最紧要的事情——他要把自己的成绩搞上去。半个学期以后，威廉斯勒就一跃成为整个学校最优秀的学生。

两年以后，威廉斯勒以全校最优异的成绩毕业。毕业后，他来到一家医院做医生。他认真对待每一位患者，对每一次出诊都一丝不苟。兢兢业业的态度和精益求精的精神，使他很快成了当地的名医。

几年以后，他创办了约翰·霍普金斯学院。他把自己的人生态度贯彻到每一个细节里。许多专家学者慕名来到他的学院工作，他的学院很快成为英国乃至世界最知名的医学院。

威廉斯勒成名以后经常被邀请到耶鲁大学演讲，在演讲中他告诫学生们说：他之所以成功，是因为“他活在完全独立的今天”。他还说：“要把未来和昨天关在门外，未来就在于今天，最重要的是把你手边的事情做好，这就足够了。”他正是靠着这两句话，精心地做着自己的事情，不仅成为那个时代最著名的医学家，还成为牛津大学医学院的钦定讲座教授，被英国国王授予爵士爵位——这是那个时代学医的英国人所能够获得的最高荣誉。他去世以后，人们需要用1466页的两大卷书才能够记述他传奇的一生。

世界著名媒体《纽约时报》的总裁苏兹伯格也曾经遇到过同样的问题。年轻的时候，他得了棘手的结肠痉挛病，得这种病者极其痛苦，他的身体几乎就要垮掉了。引发病症的原因很简单：他在步兵师担任士官，工作职责就是建立和维护一份在作战中战死的人员记录，收集他们在战场上遗失的东西，并准确把物品送到死者的家中。由于每天接触无数战死的人和他们的家属，每天都要面对那些烦琐的、细碎的工作，他变得烦躁异常，并开始担心自己哪一天死去，回不了自己的故乡，见不到16个月大的儿子。日积月累，他的神经开始高度紧张，继而发展成结肠痉挛病。

他被送进了医院。一位军医在检查了他的身体之后告诉他：你的身体没有什么不好，你的问题纯粹是精神上的，我建议你把自己的生活想象成一个沙漏，沙漏的上一半装满了成千上万粒沙子，而沙漏一次只能漏下一粒沙子。我们的生活就如这个沙漏，我们每天早晨都会发现自己一天当中有很多事情要做，但是，我们一次只能做一件事情，就如同只有一粒沙子通过沙漏底部的缝隙。

从那以后，他明白了。每天不论面对多么复杂琐碎的工作，他都时刻想到那个沙漏："一次只能流过一粒沙，事情得一件件地做。"

这个重要的人生哲学道理很快融入他的生活当中，成为他处理一切问题的准则。战争结束以后，他到了《纽约时报》，这种工作方法和人生态度，让他几乎在任何岗位上都如鱼得水，最终做到了媒体总裁的位置。

我们每一个人都生活在一个点上，这个点就是今天的身边的时刻，如果我们做好了此刻的这一件事情，把昨天和未来关在门外，我们就拥有了人生的全部。

一个杰出的人应该具有把负变正的能力

当我们一起讨论成功的话题时，很多没有成功的人强调最多的理由是：因为种种原因，自己在青少年时代没有得到继续深造的机会，或者是自己的生活遇到了不可抗拒的困难，给自己的人生留下了极大的负面影响，使自己从一走上社会就处于下风。

其实，这些人不过是在给自己的平庸找一个让自己心安理得的借口而已。他们也许并不知道，在那些成千上万的杰出成功者中间，绝大多数的人一开始正是从困境中出发的，有很多人父母早亡，很多人甚至连小学都没有毕业。

在美国，就有一个这样的人物。那时，他家里非常穷苦。当他父亲过世的时候，他还得靠父亲的朋友们募捐，才把父亲埋葬了。父亲死后，母亲在一家制伞的工厂里做杂役，一天工作10多个小时，还要带一些活计回家做到很晚。这个时候，他正在读小学，家里还有一个4岁的妹妹需要照看。母亲没有办法，只好让他辍学了，一是因为交不起学费，二是需要他在家里照顾妹妹。

在这种环境里长大的这个男孩子，却并没有在志气上气馁。他帮助母亲把一个困难的家庭支撑下来。他常常对母亲说，自己长大以后一定要做一个顶天立地的人。在他20岁的时候，他自告奋勇参加当地教堂举办的一次业余戏剧演出活动。演出很成功，他感觉自己有表达的天赋。他告诉母亲自己要学演讲。母亲十分支持儿子的决定，她对儿子说："只要你努力，你一定会弥补自己的缺陷，为自己走出一条路来。"他找来一些演讲的资料学习；只要是附近有演讲，一定去观摩；同时，拜一个著名的演讲家为师。几年以后，他在演说界已经小有名气。在他30岁那一年，他靠自己出众的演说才能战胜诸多对手，当选为纽约州的议员。可是，他对这个职位一点儿准备也没有。事实上，他甚至不知道这是怎么一回事。他研究那些要他投票表决的既冗长又复杂的法案——可是对他来说，这些法案就好像是用外国文字所写的一样。在他当选为森林问题委员会的委员时，他觉得既惊异又担心，因为他从来没有走进过森林一步；当他当选州议会金融委员会的委员时，他也很惊异而担心，因为他甚至不曾在银行里开过户头。他当时紧张得几乎想从议会里辞职，只是他羞于向母亲承认他的惶恐。他努力钻研那些枯燥的专业知识，研究相关法律，下决心把那无知的柠檬变成一杯知识的柠檬水。这样努力的结果，使他不久便成为在这几个领域中屈指可数的专家，同时还因为在处理几个棘手问题时表现出的专业能力，使他从一个当地的小政治家变成一个全国的知名人物。《纽约时报》在报道中称呼他为"纽约最受欢迎的市民"。

这个人是谁？他就是美国著名的政治家艾尔·史密斯。他靠自己辛苦的努力，使自己成为对纽约州政府一切事务最有权威的人。后来，他四度当选为纽约州长，这是一个空前绝后的纪录。1918年，他成为民主党总统候选人。有六所大学，包括哥伦比亚大学和哈佛大学，把名誉学位授予这个甚至连小学都没有毕业的人。

艾尔·史密斯是这样总结自己成功的秘诀的：我的负面困境恰恰是我的动力，因为我要努力改变它，让它变成我的正面。

在这里，人生的负面没有了任何的托词，它不仅没有成为一个人自暴自弃的借口，反而成为一个人难得的财富。

你同样拥有内在的光华

春天的时候，我去山东的一所大学做题为《文学与人生》的讲座。讲座即将结束的时候，有一个女同学向主持人举手示意要提问，她坐在最后一排最不显眼的角落位置。

主持人示意她站起来向我提问。我发现，她留着现在的女学生很少见的那种齐耳短发，个子不高，长相十分普通，衣服也是很普通的学生装。

她很拘谨地站起来，带着很腼腆、很羞涩的表情。我用手势鼓励她提自己的问题。她对我说："老师，听了您的讲座，我看到同学们都心潮澎湃，可是，我却没有，因为我没有什么优点。我来自一个普通的农村家庭，我的长相也不俊美，我的智商也不高，我很困惑，而且我也很懒惰，没有什么远大的抱负，我的专业又是普通的专业，我不知道我未来的人生怎么走。"

我花了两分钟来思考她的问题。我问主持人："今天的讲座是大家自愿来的吗？"主持人告诉我："几天前，学校在宿舍和餐厅的大门口贴出了您今天来做讲座的海报。今天在场的600多名同学都是看了海报自愿来听讲座的，同学们来自学校不同的系科和专业，学校没有组织。"

听了主持人的介绍，我很高兴。然后，我开始了对那个女学生的回答。我对女学生说："你们学校有上万名同学，今天来听讲座的只有600多人，也就是全体同学的二十分之一。你能够告诉我，你为什么来听讲座吗？"她回答说，她喜欢文学，也想请我给她指明一条人生之路。

我告诉这个同学："你能够这样思考人生，你喜欢文学，就已经证明你不是一个平庸的人了。你能够来听讲座，希望能够改变自己，你今天就成了你们同学的二十分之一，这是一个多么难得的比重啊！我为你而鼓掌。"

我鼓起掌来，主持人也鼓起掌来，同学们都鼓起掌来。我看到，这个同学的脸上表情丰富起来，满脸激昂慷慨的样子。

我对同学们说："任何一个人都拥有内在的光华，只是，这种光华在平时被日常的生活所隐没。我们应该给自己一份清醒，认识到自己的光华所在，然后用百倍的努力，让这种光华大放异彩。"

我告诉同学们两个例子，一个是山东的张海迪，一个是做过医生的作家毕淑敏。

我说，张海迪是一个足不能出户的残疾人，一天都没有进过学校大门，但是，她通过自学认字，发现自己很喜欢文学作品，就开始了阅读和写作的历程。30年的时间，她克服了常人难以想象的困难坚持创作，不仅成为一名著名的作家，而且成为中国残疾人联合会的主席，受到社会的广泛尊敬。

医生作家毕淑敏，出生于新疆，17岁便来到海拔5000米的青藏高原，在喜马拉雅山、冈底斯山、喀喇昆仑山交会的西藏阿里高原部队当兵11年。在那样恶劣的环境中，毕淑敏一样怀揣着文学梦想坚持写作，她把藏北的军旅生活用自己的笔表现出来。散发着浓郁高原气息的处女作《昆仑殇》一经发表就引起轰动，并获第四届"昆仑文学奖"，她从此步入中国文坛，成为著名作家。

我对大家说，相比张海迪和毕淑敏，我们大家什么都不缺少，关键在于我们能否认识到自己内在的光华。我说，张海迪原来在鲁西地区的莘县——一个偏僻的小县城，毕淑敏起步于遥远而荒凉的藏北高原，她们正是在年轻的时候发现了自己内在的优势。我本人就出生于鲁西南偏僻的乡村，自己也是从贫穷的乡村一步步走出来。

那次讲座过去几个月以后，我在我的电子信箱里看到了一封来信，信是那个女学生写来的。她告诉我，听了那次讲座之后，她思考了很久，终于找到了自己与他人的不同之处，找到了自己的优势。她告诉我，她坚信自己可以成为一个杰出的人。

任何人都拥有内在的光华，不同的是，有的人把自己的光华不断发扬光大，有的人却对自己内在的光华视而不见。

九棵树演绎出的壮丽人生

获得诺贝尔奖，对于一个人来说，这是多么崇高而难以企及的人生目标。但是，有谁相信，有人会因为在自己家的后院里栽了9棵树而获得诺贝尔和平奖！

马塔伊，一名出身贫寒的肯尼亚妇女，无论是她普通的父母还是她本人，都做梦也没有想到，就是因为她1977年最初在自己家的后院里栽下了9棵树，她才萌生创立绿色环保组织“绿带运动”，在整个非洲发起广泛的植树运动，从而走上2004年的诺贝尔奖颁奖台，获得当年的诺贝尔和平奖，成为自1901年诺贝尔奖首次颁发以来，第一位获此殊荣的非洲女性！她也是世界上第12位获此殊荣的女性。她是继南非前总统曼德拉、联合国秘书长安南之后赢得这一荣誉的第7位非洲人。

2001年，在诺贝尔奖诞生100周年之际，诺贝尔奖评委会把和平奖范围扩大到环保、文化、新闻等领域。表彰马塔伊，是诺贝尔和平奖首次颁发给环保领域人士。

马塔伊从1977年开始在肯尼亚领导植树造林的“绿带运动”。30多年中，她坚持不懈地动员贫穷的非洲妇女在肯尼亚及非洲其他地区种植了3000多万棵树。马塔伊在194名候选人中被选定为诺贝尔和平奖得主。诺贝尔奖评委会指出，马塔伊为保护生态环境和可持续发展做出了贡献，不少国家借鉴她的植树环保做法，她的斐然业绩激励着非洲人民为可持续发展、民主与和平而斗争。

马塔伊1940年生于肯尼亚的一个小村庄。小时候，她的家乡周围是绿色的群山和种植园，她那时候是个再平常不过的普通女孩子。但是，她十分刻苦，学习成绩一直十分优异。1960年，她被肯尼亚政府送到美国留学。留学归国后的马塔伊，目睹因为毫无节制的砍伐而失去绿色的国土，内心充满痛苦。肯尼亚的森林覆盖率不足2%，森林资源的日益匮乏正在导致无数的家庭面临干旱和贫困。在肯尼亚，妇女们的工作就是捡拾柴火，早上带着一把小斧头出门，拾够了柴火就回家做饭。肯尼亚妇女被称为一个个的“砍树者”。

马塔伊深深担忧，生态环境的恶化正在给肯尼亚乃至整个非洲带来灾难性的影响。她动员自己的家人，就从自己的家园开始，重建肯尼亚的绿色！她在媒体撰写文章，号召妇女从“砍树者”变成“植树者”。

她做的第一件事，就是动员自己的家人同自己一起，在自己家的后院栽了9棵树。接着，她宣布成立环保组织“绿带运动”，召集来附近的妇女，邀请大家一起参加，希望每一名妇女都成为这个组织的成员，同她一起与非洲大陆日益猖獗的乱砍滥伐活动做斗争。

“栽一棵树难吗？”她在每次的演讲当中都这样问她的女性同胞，“这不过是举手之劳，我们为什么不呢？”她动情的演说常常令听者流泪。

因为同破坏环境的砍伐者做斗争，她曾经入狱并遭受死亡的威胁。但是，她没有放弃。

越来越多的妇女和学生加入了她的行列之中，绿色从她的家蔓延到她的村子，蔓延到一个县、一个省，蔓延到整个肯尼亚，又蔓延到整个非洲！自1977年起，“绿带运动”工程一直是非洲最重要和最有成效的植树造林工程。

栽一棵树，我们任何人都可以做到的举手之劳，非洲黑人妇女马塔伊却演绎出了壮丽的人生画卷。

小提琴大师与一个日本擦鞋童的坚守

世界著名小提琴演奏家、指挥家和作曲家梅纽因，1999年3月12日在柏林一家医院治疗期间，因心脏病突发不幸逝世。梅纽因一生对音乐充满激情，他的音符响彻国际乐坛，他的演出以其优雅、敏锐与丰美令世人陶醉。

梅纽因1916年4月22日生于美国纽约，他被认为是20世纪音乐史上“罕见的神童”。梅纽因4岁生日那天，得到了一把真正的小提琴，从此开始了展现他音乐奇才的生涯。他7岁因出色地演奏门德尔松《E小调小提琴协奏曲》而震惊乐坛，后来得到英国作曲家爱德华·埃尔加的指点。埃尔加称赞梅纽因“是我见过的最了不起的音乐人才”。这位少年奇才从未上过正规学校，13岁便确立了巡回演奏大师的声誉。他在世界各地举行音乐会，都是由一位家庭教师陪伴左右。他的足迹遍布全球，给世人带来无穷的艺术享受。在梅纽因漫长的演奏生涯中，他的曲目几乎囊括从古典到现代的所有小提琴曲目，他被称为小提琴音乐“权威的诠释者”。

梅纽因的求学经历至今仍是世界音乐界的一个传奇。

1926年，10岁的梅纽因随父母来到巴黎拜见名师艾涅斯库。“我想跟您学琴。”梅纽因说。

“大概你拜错了吧，我向来不给私人上课。”艾涅斯库回答。

“但我一定要跟您学琴，我求您听听我拉琴吧。”

“这件事不好办，我正要出远门，明天清晨六点半就要出发。”

“我可以早一个钟点来，趁您正在收拾东西时拉给您听，行不行？”孩子恳求道。

梅纽因的直率和天真烂漫，使艾涅斯库产生了好感：“明天五点半到克里希街26号，我在那里恭候。”

次日早上五点半，梅纽因准时到达克里希街26号，开始自己的演奏。六点钟，艾涅斯库听完梅纽因的演奏，满意地走出房间，向等候在门外的孩子的父亲说：“这个徒弟我收下了，上课不用付学费。孩子给我带来的欢乐，完全抵得过我给他的好处。”从此，艾涅斯库成为梅纽因的家庭教师，几十年始终陪伴着梅纽因的成长。

1952年，已经成为世界知名小提琴大师的梅纽因到日本演出，听说有一个擦鞋童为听他的音乐会，用自己几乎一年的收入凑钱买了一张最便宜的票。梅纽因想起自己早年拜师的经历，非常感动。谢幕后，他由主持人引领着穿越贵宾席来到低档席，找到了那个擦鞋童。他问擦鞋童需要什么帮助。孩子虽然衣衫褴褛，但是目光清澈，面对自己崇拜的大师，他轻轻地说：“我什么都不需要，只想听听您的琴声。”梅纽因与孩子的举动，让全场安静下来。梅纽因让助手拿来自己刚才演奏使用的小提琴，面对全场听众高声宣布，要把自己这把心爱的小提琴赠送给这个擦鞋童。他说：我相信，若干年以后，日本会诞生一位了不起的小提琴家。

30年后，梅纽因再度访日演出时，又想起了当年的情景。他请日本方面帮助他寻找到了当年的擦鞋童，后者现在一家贫民救济院工作。梅纽因得知，30年来，擦鞋童尽管生活坎坷，却多次断然回绝了想以高价购琴的人。这些年以来，擦鞋童一直用大师的小提琴演奏。再次见到擦鞋童后，梅纽因发现擦鞋童在小提琴演奏方面已经有了很高的造诣，问他需要自己的什么帮助。当年的擦鞋童仍和上次一样回答梅纽因：“我什么都不需要，只想听听您的琴声。”

梅纽因什么也没有再说，默默接过那把阔别30年的小提琴，就在救济院的院子里，演奏起当年访问日本时的那支曲子。所有在场的人，都被大师如泣如诉的演奏和当年的擦鞋童专注倾听的神情感动，很多人热泪盈眶。

10年以后的1992年，在一个日本音乐界组织的访华艺术团里，有一位已经在日本家喻户晓的小提琴演奏艺术家，他在中国人民大会堂的小提琴演奏吸引了诸多的中国听众。他演奏的曲目，就是当年梅纽因在日本演奏的曲目；所有的听众也都知道，他正是梅纽因大师当年遇到的擦鞋童。

一段30年的坚守，成就了一位小提琴家，也给世界留下了一个可以激励无数青少年的人生故事。

条 件

一个青年人来我这里，看到我的书房窗明几净，几排书架上藏书丰富，写书法的案子也十分宽大，各种宣纸一应俱全。他说："老师，难怪你写出了那么多优美的文章，书法作品也这么多，你有多么好的条件啊！我连一个简陋的书房都没有，怎么写作、练书法呢？"

我对他说："你如果问一下我的老朋友，他们都知道，我二三十岁的时候，就是在一张用25元钱买的折叠圆桌上进行写作，家里冬天没有暖气，夏天没有空调。桌子有四个用途：写作，练书法，吃饭，朋友来了喝茶。一张不大的圆桌上，我在这一边写，爱人在对面一边誊写留底稿，我们几乎每天这样到深夜。我每天凌晨四点，又在那张小桌子上开始日课。我在那一张小桌子上创作完成了最初的四本书、一百万字，书法也在那张小桌子上起步。"

我对青年人说："如果你等到各种条件都具备再开始，那样的时候永远都不会有。因为，现在优渥的条件，正是当年艰苦的生活创造的。"

其实，没有一个人幸运到一生没有经历过悲伤。重要的是，当悲伤降临到你的头上，你能这样去想：这样的经历，每一个人迟早都会遇到；该你经历的终于来了，你只是得到了属于你的那一份悲伤。

青年朋友问我："你的每一次选择，是否都是正确的？"

我说："不，我似乎没有过举棋不定和犹豫不决。不论什么时候，都有一条阳光大道铺在我的面前，我总是毫不迟疑地踏上人生之路，一往无前，矢志不渝。"

当你不再需要以别人的眼光肯定自己时，你的一只脚已经迈进了成功的殿堂。

如果你做的事情，没有一个人理解，你还能继续做下去吗？我不知道有多少人能回答这个问题，但我知道，这就是寂寞的境界了。

我们的人生不是演戏给别人看的，我们生来也不是给别人讲故事的，冷暖自知，还是活得真实、坦荡、表里如一最长久。

乔治·奥威尔说："我注意到，许多人在独处的时候从来不笑。"

为此，我常常问一些朋友："当你独处的时候，凌晨或者深夜，你在做什么？你能够理直气壮、无愧于心地回答吗？"

各种头衔，各种称号，那些高楼广厦里的座次、热闹和喧嚣，都与我没有关系。我只关心：我今天应该写下什么，我今天一天的意义。

明代袁中郎有这样一段话："每见无寄之人，终日忙忙，如有所失，无事而忧，对景不乐，即自家亦不知是何缘故，这便是一座活地狱。"

这话真乃真知灼见。就是看到一些没有什么人生目标的人，一天到晚瞎忙，没有什么事情就忧愁，看到美丽的景致也不快乐，自己也莫名其妙，这样的人不就是活在地狱一般的地方吗？

我们身边，有多少这样的人啊！人生没有梦想，生活没有乐趣，无所事事，混天聊日，过一天少一天。我说，这样的人，真是臧克家先生说的："有的人活着，他已经死了。"

我的人生词典里没有挫折

我去一所文学院举办一个文学讲座。在讲座临近结束的时候，有一个女学生站起来问我：“老师，我认真研究了你的人生道路，发现你的人生道路上几乎没有挫折：你大学毕业，分配到了政府机关；你喜欢新闻，又去了报社做记者；写作是你的爱好和追求，你又成了作家。命运和成功总是那么眷顾你。可是，我们却不同：我们在学校里就开始为毕业以后的工作而疲于奔命，我们不知道自己的未来在哪里，我们的人生中总是充满挫折和忧伤。”

我说：“我不知道你所说的挫折具体是指什么，是一件事情做得很糟糕，还是总与机遇擦肩而过，还是选择人生道路时的犹豫不决，还是其他的什么。我想告诉你的是，我的人生词典里，真的没有‘挫折’这个词，有的只是事情做完之后的总结，有的只是对自己人生道路的不断调整与选择，有的只是对未来美好的期待和向往，有的只是对理想一往无前的坚定不移。”

在我看来，人生中是没有什么挫折的；所谓挫折，是你个人对自己处境的主观判断罢了。如果一个机会来了，你没有抓住，你以为就是挫折吗？不是，是你在机会到来之前准备不够。机会是为有准备的人而准备的。一件事情你没有做好，没有达到预期的目的或者干脆损失惨重，这也不是什么挫折，原因是你在做事之前没有周到地设想，做的过程中没有调动全部的能量，或者你没有把握好做事的时机而仓促上阵。

任何一个人的一生都会处在不断的选择当中，因为世界在变、环境在变、我们个人也在变，因此必须顺势而为，不断调整自己的人生方向，才能确保自己待在成功之路上。做完了一件事情之后，我们就应该学会忘记和放下，重新选择，重新开始。

无论成功还是失败，都是自己的过往，都不能再留恋或者感伤。对那些过往扬扬得意或者耿耿于怀，都没有什么益处了，唯一可取的，是面向未来。过去了的，都是自己的一段经历、一种尝试，如果你认真总结了得失，有了深刻的领悟，找到了失败或者成功的经验与教训，你就拥有了难得的财富，而这种财富就成为你未来的力量。

我告诉年轻的学生们，任何一个成功者的心中，都没有“挫折”这个词的，有的只是百折不挠的一往无前。

有一个人，以他自己的经历，给我们提供了有力的证明。

他22岁时做生意失败。23岁，他竞选州议员，又失败了。24岁时，他重操旧业，继续做生意，又赔得一无所有。26岁时，他的情人不幸死去。27岁时，他精神完全崩溃，几乎住进疯人院。29岁时，他再次竞选州议员失败。31岁时，他竞选国会议员失败。39岁时，他竞选国会议员再次失败。46岁时，他竞选参议员又失败。47岁时，他竞选副总统失败。49岁时，他竞选参议员再次失败。

这个人在51岁那一年竞选总统成功，成为美国历史上与华盛顿齐名的最伟大的总统。这个人，就是亚伯拉罕·林肯。

林肯给我们的启示是：失败了、跌倒了，重新再来。这也是成功的唯一秘诀。

我们许多人之所以总是与成功无缘，原因就是失败了一次甚至几次，就对自己的能力产生了怀疑，丧失了自信心，就回到原路上去了，失败在人生中便只有失败这一个定义了。

失败是成功的基石，所谓“失败是成功之母”便是这个意思。成功，正是无数次的失败联结起来的。成功在人生最遥远的地方。虽然在人生的近处往往布满了失败，但所有的努力必然都从失败开始。一个人如果认识不到这一点，便是一个平庸的人。

人生的哲学就是这样，你失败了一次，它便告诉你这个地方你走过了，不要重蹈覆辙，应该换一条路去走。当你换过无数次之后，成功的坦途就已经铺到你的面前了。

一念之间

我每天凌晨4时起床，先是冷水浴、洗漱，然后开始或读书、或书画日课、或写作。到7时半左右，人们差不多起床的时候，我已经工作了3个多小时了。

这是我自青年学生时代就养成的作息习惯。前不久，见到我中学时期的同班同学刘殿龙，他回忆说，那时候我每天凌晨4点从宿舍起床，端着一盏罩子灯去教室学习，无论冬夏，无论风雨，坚持不懈。同学们开始有不少人效仿，也随我起床去学习，可是后来，越来越少，渐渐又恢复到我一个人了。

已经30多年了，从学生时代到今天，每一天，我都用凌晨的这3个多小时读书、写作、练书画，白天与大家一样工作和生活，从来没有间断过。中年以后，我建立起了自己的文学和书画艺术世界。

常常有人问我：凌晨，特别是冬天，谁不恋被窝啊，你怎么能起得来？你为什么有这样的意志？

我说，看起来很难做到的事，其实，只不过取决于每天的一秒钟意志而已。凌晨4点，生物钟提醒我该起床了，这个时候，我的心中也同样存在起还是不起的较量。在一秒钟里，我想：一个有远大抱负的人，难道起床还需要犹豫吗？就是这一念之间，每一天，我都选择了起床。事实上，不论天气多么恶劣，一旦从被窝里坐起来，穿上第一件衣服，你就再也不愿意躺下了。

就是这一念之间，在选择学习还是玩乐的时候，我选择了学习；在抉择懒惰还是勤奋的时候，我选择了勤奋；在放纵与自律较量的时候，我选择了自律；在选择善举还是私欲的时候，我选择了善举。

这一念之间，每天给了我3个多小时的时间专注于自己喜欢的事业。前几年，我写长篇文史传记《陈寅恪传》《100位杰出的中国母亲》等，都是在早晨完成的。每天早晨写两千字或三千字，日积月累，一年下来，一部20万或者30万字的作品就完成了。

我常常对朋友和读者说：聚沙成塔，集腋成裘，一个人，不论是谁，如果能在一辈子里每天拿出两个小时做同一件事情，这个人，必定能成为那个领域的杰出人物！而那些没有成功的人，或者犯下大错的人，也不过是缘于一念之差的错误或放纵罢了。

一念之间，我做到了。我相信，每一个人都可以。

每个人都是一朵独特的花

泰戈尔的诗句“生如夏花之绚烂，死如秋叶之静美”成为多少人自我激励的座右铭！

那些旺盛地开在原野上、不知名的成片野花，长在悬崖峭壁上、倔强的零星无名花，种在花园里的富贵牡丹，生长在坑塘河湖里的荷花，深山峡谷中高贵的幽兰，还有笑傲风雪的梅花！

它们，不论是在肥沃的花园里，还是在陡峭恶劣的悬崖上；不论是能够得到人们的精心浇灌，还是要靠自己艰难地寻找土壤……都坚强地生长绽放，开出自己的艳丽，长成自己美丽的风景！

这就是花朵的品格！没有资格选择自己的出生地，没有能力选择自己的品种，但只要是花，不论生在哪里，就要努力开放。也许开得不够艳丽，也许开得十分孤独，也许永远都见不着前来赏花的行人，也许永远也到不了人们的客厅得到欣赏，但是，只要我开放了，我就是美丽的花，而不是芜乱的杂草；只要我绽放过，就在蓝天下留下了自己美丽的身影，就在世界上留下过沁人心脾的芳香。

我欣赏过无数花园里的花，自己也种过许多稀有名贵的花，更见过原野上大片大片的野菜花，但是，我更敬重开在悬崖峭壁上、生长在恶劣环境中的无名花。那些花弱小孤独却准时开放，独自享受着自己的季节。

我们的生命就如同这些烂漫的花朵，无法选择出身，无法挑选出生的时机，但是我们可以选择坚强，可以选择努力，可以通过努力向世界证明自己来过、留下过自己的痕迹，可以让自己像花朵一样绽放。

像王蒙一样有才华的人是少有的，他21岁就完成了轰动文坛的长篇小说《青春万岁》。还有乡土作家的代表人物刘绍棠，还在他读初中的时候，他的短篇小说《青枝绿叶》就被选入了高中的语文课本。他们少年成名，最后都成为著名的作家。他们，是生长在肥沃的花园里的富贵花，命运给了他们天才少年的质地，他们没有辜负命运的恩惠，开出了艳丽的花朵。

具有这样天分的人是极少的，但并不是没有这样的天分就不能成功。中国文学史上，有无数的作家资质一般，与普通人无异，最后却靠自己艰苦的努力，同样取得了伟大的成就。他们是生长在贫瘠土壤中的苦菜花，他们依然在自己的季节里盛开，在这个美丽的世界上创造着属着自己的一缕芳香。

即便我们没有成为世人皆知的人物，我们只是生活中一名普通的劳动者——一名菜农、一名货郎、一名三轮车车夫、一名建筑工，我们同样可以实现自己应有的价值，为社会贡献自己的一分微薄的力量。就像山沟路边的小黄花，没有人知道它们的名字，但它们却让大自然因此充满温馨、浪漫与生机。

每一个人都是一朵独特的花。我们无法选择自己，但是可以选择生活。只要我们不怨天尤人、自暴自弃，能够像花朵一样努力开放，我们就不会被平庸的土壤埋没。

卡夫卡的翅膀寓言

卡夫卡曾写过一则寓言《巷战》，大意是这样的：一群士兵围住了一个城市，在巷子里寻找敌人，突然看见一个长了翅膀的老人——原来那个城市的人都是有翅膀的。

“你们不用感到奇怪。”老头说，“我们大家都有翅膀，但它们对我们毫无用处。我们没有人利用翅膀让自己飞翔，更没有人想着利用翅膀逃跑，要是能够把它们扯下来，我们早就那么干了。”

“你们既然有翅膀能够帮助你们逃跑，为什么不飞走？”士兵不解地问道。

“要我们飞离我们的城市？离开我们的家乡？”老头更加不解地反问。

这个寓言，卡夫卡虽然没有写下结局，但结局是很容易猜想的：为了固守自己的传统生活，为了自己的既得利益，尽管有翅膀也不肯飞离。

最后，尽管这个城市里的人们都长着一对可以飞翔的翅膀，但是他们的城市却很快就被没有翅膀的敌人毁灭了。

在我们的身边，无时无刻不存在着这样的情境：你本来可以凭借自己的勇气重新开始新的征程，你本来有机会打造一片新的天地，但是，你却因为计较小小的得失而与成功失之交臂。

几年以前，有一位读者多次打电话给我，说他有一个重要的人生问题，很诚恳地请我给他拿一个主意。每一次打电话，他都诚惶诚恐地先说："很冒昧打扰您，但我是您的读者，我知道您曾经也遇到过同样的问题。"

他是一位大学毕业生，如今在一个基层单位做文字工作。他最近看到了省城一家报社招聘记者的启事，便触动了心中爱好文学和新闻写作的那根弦，就偷偷瞒着家人去报考了。结果，他考得很不错，被录用了。当接到录用通知的时候，他作难了：现在自己在县里有了住房，妻子在当地工商局工作，而且又有了孩子。自己如果去省里，单位给解决住房吗？省城的房价那么高，自己在省城能买得起房子吗？妻子的工作怎么解决呢？记者这个职业比起自己目前的职业优点孰多？

在事情还没有去做的时候就设想一大堆困难，我是最不能容忍这种人的。第一次打电话，我告诉他："到省城报社应聘记者，是你人生的另一个选项，如果你感觉目前的工作不适合你，这也许就是你重新开始的一个机会。"

没过几天，他又打来了电话，说家里人特别是妻子反对他到省城应聘，除非给房子并解决妻子的工作。他再三道歉再次打扰我："可是，我实在犹豫，拿不定主意。我知道去做记者要比目前的工作更适合自己的发展，可是那些生活问题不能解决，家里人就不支持。"

因为是第二次了，而且从电话中我对他又有了许多了解，所以这次我的话说得更重了些。我这样问他："你既然没有勇气面对生活中的一个个问题，你为什么产生这样的念头呢？你目前的职位不是好好的吗？稳稳当当的公务员，在当地也是让人羡慕的职业。"他说："可是，我爱好新闻和文学，我已经发表了十几万字的作品。"他告诉我，他觉得去做记者才是他一生的追求。

后来，他又写了封长信给我，详细诉说自己举棋不定的苦衷和犹豫。我写了封长信回复他，希望他能摆脱人生的困惑，把握住这次机会。

我这样说：在我们的生命当中，患得患失、故步自封是人生成功的大敌；世界上无数的人，正是因此而让成功的机会丧失了。当我们面临人生机会时，当我们面临人生困境时，我们应该挣脱身上所有的锁链，勇敢前行。其实，未来人生的困难，往往没有事先想象的那么大。在我们对成功与失败难以把握时，我们往往把将要遇到的困难一股脑儿地推到面前，从而把选择的砝码加重到失败的一方。世界上没有那种把一切困难都解决了的好事给你留着，让你轻而易举地拿来。一切都要靠努力去争取。

不久前，我参加一个采风活动，到了那个县里，见到了那个曾经请我拿主意的青年人。他最终因为担心自己解决不了那些问题而没有离开，依然在原来的单位里做一个小职员，人生没有什么起色和光亮。可是，我了解到的情况是，同一批进省城从事媒体工作的那些青年人，很多人的事业已经是风生水起。

每每想起这个青年人的时候，我自然就想起卡夫卡的那则寓言。我们每一个人都有一对飞翔的翅膀，可是，很多人却从来没有想过利用自己的翅膀到辽阔的蓝天上飞翔。

先拴好你的骆驼

在印度，有一个师父带着他的弟子去旅行。师父一路上不停地给弟子讲经，而骆驼由弟子负责照顾。

师父讲得最多的道理是：不论什么情况下都要相信神，相信神是知道一切的，要把自己的一切交给神，神是全能的。

他们因为走了很多路，已经十分疲倦了。到了傍晚，师徒俩就找了一处破旧的庙宇休息。师父对弟子说：“我先进去安置地方，你拴好骆驼再来。”师父到了庙宇里，找了一个干净的地方，坐下休息了。

弟子牵着骆驼围着破庙转，想找一个能够拴骆驼的地方，可是，荒郊野岭，破庙外面没有一棵树，没有地方可以拴绳子。

正在犯难的时候，弟子茅塞顿开：师父不是一直教导我要相信神，要把自己的一切交给神吗？我这不是正好可以把骆驼交给神照看吗？弟子喜出望外，对着天空拜了几拜说：“全能的神，我把我的骆驼交给您了，我相信您能够为我照看好它，我进去休息了。”然后，弟子就把骆驼留在破庙外面的荒野里，进到庙里休息去了。

早上，师徒两人醒来，出了庙门准备继续远行。可是，师徒两人发现他们的骆驼不见了。他们的衣物，还有经卷、水，都在骆驼背上。

师父非常生气："让你照看骆驼，你怎么把它弄丢了？"

弟子不服气，他对师父说："您告诫我要把自己的一切交给神，让我相信神是全能的。我昨天实在找不到可以拴骆驼的地方，所以就把骆驼交给神了。我想，这点小事，全能的神还能做不好吗？"

弟子又说："不信您问问神，我昨天傍晚是怎么说的。我说我把骆驼委托给他照看了，而且我虔诚地说我相信他。"

师父看着年轻的弟子，很长时间无语。最后，他说："我们不能去远行了，我们丢失了骆驼。你今后要记住，不论多么相信神，也要先拴好自己的骆驼。"

当我们在为一件事情如何解决而与对方苦苦争执的时候，不妨让自己冷静下来，给对方一个动听的理由，也许，事情的转机马上就来了。

找一个动听的理由

把时间管理到分钟的人

作家刘墉年龄并不大，但其著作早已等身。他精致典雅的散文随笔畅销全球华人圈，他也成为全世界华人中创作数量最多的作家。

取得这样的成就，其才华自然是重要的因素，但是，还有一个因素同样重要，那就是刘墉管理和利用时间的精细程度。刘墉身边的人都知道，他是把自己的时间精确到分钟的人。所有接待过刘墉的单位都清楚，“伺候”好刘墉不是一件容易的事情，因为他们的时间观念实在难以达到刘墉那样的精细程度。

任何一次活动，刘墉都会要求提供一份详细的日程表，表中要列明所有他能够想到的具体条目：几点几分从酒店门口出发；从一个城市到另一个城市有几趟航班，哪一趟航班最节省时间，怎么衔接，如何接送；中午12点以前不要安排活动，以保证下午和晚上活动精神饱满；不和不相干的人一起吃饭，如果非吃不可，要确定好时间，时间一到立刻走人；某项活动几点几分开始，几点几分到达休息室，从休息室到达会场需要几分钟。每次活动前，即使你已经提前告诉了他你几点几分在大厅接他，他也仍然会咨询楼层服务员：他从房间到大厅需要几分钟。然后，他会准时从房间出来，一分钟也不浪费地准时到达。

记者采访刘墉的时候，如果是报刊的记者，他会问清楚人家想发多大版面；如果是电视广播记者，他会问清楚人家想做多长时间的节目，然后，他会在采访中途突然停止，告诉人家他说的已经足够用了，再说下去就是浪费时间。

如果是出席一个签名活动，刘墉会告诉主办单位，让他们把需要他签名的书放一些在去现场的车上和他住的房间里，他会利用路上和休息的时间签名，以节约时间，提高效率。

对于刘墉来说，最大的罪过就是无端地浪费时间，为了节约时间，得罪人也值得。无端的应酬不仅浪费了自己宝贵的时间，还损害自己的身体和精神。他认为自己是自己时间的主人，别人没有权力要求他。他常说的话是：人的一生没有多少时间可以支用，自己有更重要的事情要做，他的每一分钟都要用到刀刃上。

（本文选入江苏省常州市2005—2006学年第二学期期中语文试卷）

找一个动听的理由

每个人都有一些理想主义，无论自己做什么事情，都希望有一个冠冕堂皇的理由。因此，要想改变别人，让别人接受你的观点，就应该想办法找一个让他心悦诚服的理由。

事实上，我们每个人做事都有两个原因，其中一个是真正的想法，另外一个则是听起来冠冕堂皇一些的理由。谁都知道那个促使你不遗余力的真正原因是什么，可是每个人都是有崇高理想的，都希望有一个动听的理由来支持自己做这件事。

在哈佛大学的教科书上，有几个这样的经典例证。

一次，诺德·诺斯克利夫发现一家报纸刊登了一张自己不想公开的个人照片，于是给编辑写了这样一封信："请不要刊登我这张照片，因为我的母亲不喜欢这张。我不愿意自己的母亲一天当中因为读了你们的报纸而心情郁闷。"他没有直接说："请不要刊登我这张照片，因为我不喜欢这张。"他巧妙地利用了人们尊重母亲的心理，让编辑立刻改变了做法。他的前一个理由比后一个理由听起来动听多了。

约翰·洛克菲勒为了制止报社的摄影记者为自己的孩子拍照，也用了一个很动听的理由。他没有说："我不希望我孩子的照片被登上报纸。”而是利用人们保护小孩的心理说：“大家都了解小孩子的天性，也许你们自己就有小孩子。你肯定知道，孩子这么小就出风头，对于他们的成长来说，绝对不是一件好事。”

柯蒂斯是来自缅因州的一个穷小子，经过一番努力，终于成为知名大人物，创办了《星期六晚邮报》和《妇女家庭杂志》。

创业之初，自然是很艰难的。他因为付不起别的杂志社那样高的报酬，自然也约不到好作者、好稿子。于是，他就为作者们找了一个冠冕堂皇的理由。效果居然不错，他甚至约到了当时正名声远扬的奥尔科特小姐的稿子，也就是写了那本著名的《小妇人》的作者。约到奥尔科特小姐，他只用了100美元，还把这笔钱寄给了奥尔科特小姐最心爱的一项慈善事业。

原因很简单，他用了这样的方法写给著名的专栏作家：“您好，我知道您是一位以慈善事业为使命的作家，您写作不是为了稿酬，而是为了引导人心向善。我们杂志虽然刚刚创办，但是我们的办刊宗旨却是以您的创作思想为指导的，我们希望我们的杂志成为宣传您的思想的阵地和窗口，成为您与读者联系的纽带和桥梁。”

好几位知名的作家，都被他这样一个动听的理由感动了，都把自己最好的作品给了他，而且声明不要报酬，或者把报酬捐献给穷人。

在我们的生活中，我们是否注意过这样的技巧？

当我们在为一件事情的解决而与对方争执苦恼时，不妨让自己冷静下来，给对方一个动听的理由，也许，转机马上就来了。

卡瑞尔的秘诀

美国人卡瑞尔是名富有聪明才智的工程师，他开启了空调制造行业，现在是世界著名的卡瑞尔公司的董事长。在美国企业界，有关他的一个有趣的故事，一直是被人们奉为经典的范例。

年轻的时候，卡瑞尔在纽约州水牛城的水牛公司做事。有一次，他去密苏里州水晶城的匹兹堡玻璃公司的下属公司安装瓦斯清洗器。这是一种新型机器，他领导工程师经过一番精心调试，克服了许多意想不到的困难，总算可以使机器运行了。但是，出乎意料的是，设备安装之后，其性能并没有达到预期的指标。

卡瑞尔对自己的失败深感震惊，感觉像挨了当头一棒，好长时间没法睡觉。因为这是他上任之后独立担负的第一个业务项目，他为此而深陷痛苦之中，既自责自己的无能，也怪怨自己的坏运气。经过一番思考之后，他觉得忧虑并不能解决问题，便琢磨出了一个办法，结果非常有效。这个办法，卡瑞尔使用了30年，总是让他在最困难的时候逢凶化吉。

卡瑞尔在介绍自己的这个经验的时候，总是这样说：办法其实非常简单，任何人都可以使用。一共有三个步骤：第一步，自己坦然分析了可能面对的最坏的结局，如果失败的话，老板会损失两万美元，自己很可能会丢掉差事，但没人会把他关起来或枪毙，这是肯定的。第二步，他鼓励自己接受这个最坏的结果，并告诫自己，这件事情会让自己的人生经历出现一个污点，但这并不影响自己找到新的工作。至于老板那边，两万美元自己完全支付得起，就当交了实验费，也不是太大的不可接受的损失。

经过这样的分析并接受了最坏的结果以后，卡瑞尔反而轻松了，感受到了许多天来不曾有过的平静。第三步，他开始把自己的时间和精力投入改善最坏结果的努力中去，并努力寻找一些补救办法，减少损失。经过几次实验，卡瑞尔发现：如果再用五千美元买些辅助设备，问题就可以解决。果然，这样做了以后，公司不仅没有损失那两万美元，反而赚了一万五千美元；不但问题迎刃而解，而且为公司带来良好的负责任的声誉。卡瑞尔因此获得了公司的表彰。

年轻的卡瑞尔从这件事情上获得了宝贵的人生经验。他想，如果自己当时一直担心忧虑下去的话，恐怕再也不可能做到这一点了。忧虑的最大坏处，就是会毁掉一个人的能力——忧虑使人思维混乱。在我们强迫自己接受最坏的结局时，我们就能把自己摆在一个可以集中精力解决问题的位置上。

卡瑞尔一生中一直使用这种方法面对人生的各种问题，结果是，他的生活中几乎很难再有烦恼了。他总是告诉他的员工，他有一个解决人生困境的秘诀，掌握了这个秘诀，人生中的各种困境就会迎刃而解。

这是一个多么简单而实用的秘诀！其实，我们知道，这个所谓秘诀的核心，就是要我们冷静面对客观事实，理智地采取下一步的行动，而非简单地痛苦忧虑。如果我们每一个人都能够以这样的方法面对自己的生活，我们不但会成为一个成功的人，而且会成为一个快乐的人、一个智慧的人。

机智的魅力

在我们的生活中，我们总是会不可避免地遇到刻意的发难或者难堪的回答。这个时候，我们只有学会机智，才会避免尴尬的处境。

乾隆时期的纪晓岚是机智出了名的。一次，乾隆皇帝想开个玩笑检验一下纪晓岚的机智，就问道：“纪卿，忠孝二字做何解释？”纪晓岚回答道：“君要臣死，臣不得不死，为忠；父要子亡，子不得不亡，为孝。”乾隆立刻说道：“我以君的身份命你现在就去死！”纪晓岚立刻回答：“臣领旨！”纪晓岚并不知皇上的用意，权且这样回答。乾隆问：“那你打算怎么去死？”纪晓岚回答：“跳河。”乾隆很得意地看着一步步上套的纪晓岚说：“好，你去吧！”顿时，群臣无不惊讶万分，谁也没想到突然会发生这样的变故，一时间都为纪晓岚的性命担忧，不知道聪明绝顶的纪晓岚如何破解这个难题。

机智过人的纪晓岚在外面转了一圈，不一会儿就回来了。乾隆忙问：“你怎么没死？这不是违抗君命吗？你这不是不忠吗？”纪晓岚回答说：“臣到了河边，正要往下跳的时候，谁知屈原从水里向我走来，还拍着我的肩膀对我说：‘晓岚，这就是你的不对了。想当年，楚怀王是昏君，不辨忠奸，我不得不死。可如今皇上圣明，你要是真死了，后人岂不会说皇上诛杀忠良吗？你应该回去问问皇上是不是昏君，如果皇上说是，你再来死也不迟啊！’臣想，屈大夫说的也有道理，特回来禀报皇上，请皇上定夺。”乾隆听了，不禁哈哈大笑，说：“好一个巧舌如簧的纪晓岚！”

曼德拉的智慧和机智也是出了名的，没有他的机智和幽默，他也不会熬过白人对他27年的监禁。

在南部非洲发展共同体首脑会议上，南非前总统曼德拉领取了“卡马勋章”。在接受勋章的仪式上，他幽默地作了如下开场白：“这个讲台是为总统们设立的，我这个退休老人今天上台讲话，抢了总统的镜头，我们的总统一定很不高兴。”话音一落，笑声四起。笑声过后，曼德拉正式发言了。当讲到一半时，他把讲稿的页次弄乱了，不得不重来。这本来是件有些尴尬的事情，但他却一边翻一边脱口而出：“我把讲稿的次序弄乱了，你们要原谅一位老人。不过，我知道在座的一位总统，在一次演讲的时候也把讲稿的次序弄乱了，而他却不知道，照样往下念。”这时，整个会场充满对这位机智老人钦佩的笑声。

这样机智的例子很多。我们任何一个人都完全可以像他们一样掌握机智的钥匙，让自己在生活中游刃有余。

你为何一无所有

回故乡的时候，一位本家侄子来到我的家里。他的目光呆滞而迷惘，头发十分凌乱，脸上写满沮丧的神情。

侄子对我说，高考落榜以后，他回到家里，发誓要依靠自己的奋斗干出一番事业来。这些年，他先是做贩卖青菜的生意；可是做了两年以后，因为总是出现赶上雨天青菜腐烂赔本的事情，他就改做贩卖煤炭的生意。但是，因为煤炭生意需要大量流动资金——流动资金少了利润就很低，自己却没有太多的资金支持，所以做了不久又放弃了。

再后来，在一次石油价格连续下跌的周期里，下跌之前，他和一个伙伴投资建了一个废旧机油回收冶炼加工厂。他经过考察发现，人家投资一年以后就收回成本，两年就能够收入几十万元。可是，就在他们建好加工厂开始生产的时候，石油价格开始连续下跌，自己辛苦回收的废旧机油冶炼之后还赶不上收购的价格。苦苦坚持了半年，把投资彻底赔光之后，他放弃了。

他说，折腾了几年，自己不但一无所有，而且欠了一屁股债。

我很同情这个屡败屡战的侄子。我说："这两年石油价格不是一路攀升吗？"他万分感慨地说："别提了，自己不干了，转卖给了别人，人家接手以后，石油价格就开始一路上涨，回收来的废旧机油不冶炼放起来也赚钱，人家现在早就发大财了，可是咱没有那运气啊。”

我们谈了很久。据我所知，邻村的一个人原来与他一起贩卖青菜，现在已经是有名的青菜商了。我的一个未考上大学的同学，曾经也与他一起做煤炭生意，现在的资产早已达千万元。

我问他：“你找到你失败的原因了吗？不论什么事情，你总是浅尝辄止，这山望着那山高，不能坚持一个方向，遇到一点小挫折就放弃了。其实，很多时候，你距离成功只有一步之遥了。”

他目不转睛地看着我，两只眼睛清澈起来。他似乎明白了一些道理。我让他记住美洲的印第安人的一个著名的谚语：同时追逐两只野兔，你将一无所有。

一个人取得成功的最重要的因素，不在于他的头脑是否聪明、选择了哪一个专业，而是看他是否一生都在朝着一个方向走。只有坚持朝着一个方向走，距离最终的目标才会越来越近。否则，不论你走得多快，总是走到斜道上去或者和目标背道而驰，距离最终的目标不是越来越近，反而是越来越远了。

物理学大师、诺贝尔奖获得者杨振宁博士，在回答自己何以取得成功的问题时说：“我不是特别聪明的孩子，上小学的时候跟上正常教学进度都很困难；用墨水写字，常常把墨水弄得满纸都是，老师和父母为此经常批评我粗心。到了中学的时候，全班三十个人，我的成绩也只是第五、第六名的样子，但是那时我就发现物理、数学对我来说很容易，所以上大学我就选择了物理系，没有犹豫，而且一辈子都没有离开物理，没有学了三年物理觉得不好改学化学，过了两年又改学工程。从头至尾，我一直向这一个方向走。”

其实，所有那些成功的人，他们成功的秘密没有别的：他们就是一些选定了目标就一往无前的人，就是一些永不放弃的人，就是一些坚持不懈的人。

世界上到处都是位置

一个中学时代的同学，在我的故乡鲁西南一所中学里教书。周末的时候，他打来电话告诉我，自己的女儿在省内一所大学的中文系读书，开学以后就要读大四了。他说，假期里他告诉女儿，现在大学毕业也不好找工作，既然学的是中文系，就下决心写作，努力成为一位作家。

他自然而然地把话题转到了我的身上，希望我能够向他的女儿传授一些写作方面的经验，甚至是秘诀。

很久没有联系过的中学同学打来长途电话，我很感动于同学的这份信任。我询问了一些孩子的情况。我说，读中文系是一回事，成为一位作家是另一回事，这之间并没有必然的因果关系。我甚至告诉我的同学，我读大学中文系的时候，我所在的班级45个人，至今以写作为业的人，只有我一个，其他的44个同学，现在从事的职业与文坛没有丝毫关系。

我问同学："你了解自己的孩子吗？她对于文学是发自肺腑地酷爱吗？你感觉她有写作的天分吗？"

对于我的问题，同学似乎没有认真思考过。

著名的心理学家詹姆斯有一个著名的观点：世界上大多数人都在为自己不能成为别人而苦恼。他为此而详尽地阐述说：对于这个世界来说，你是全新的，以前从来没有，从天地诞生的那一刻一直到现在，都没有一个人与你完全一样，以后也不会有人与你完全一样。根据遗传学原理，你之所以成为你，是你父亲的23对染色体和你母亲的23对染色体相互结合的结果，这46对染色体加在一起，决定了你的遗传基因。即使你的父亲和母亲注定要结婚生子，生下你的概率也只有三十亿分之一。

而这就决定了你不可能成为别人，你只是独特的你自己。事实上，我们所处的世界正是这样和谐地构成的，每一个人都有一个适合自己的位置，每一个位置都发挥着不可替代的作用，每一个人在每一个位置上的价值都不可低估。

我认识很多这样的人，他们在年轻的时候因为羡慕那些成功的人，就盲目崇拜、刻意地模仿，甚至看到人家留什么发型、穿什么衣服，都去模仿：看到一位作家写了很畅销的著作，就把自己关在房子里写作；看到人家做生意发了大财，就去模仿人家做生意；看到人家办企业发达起来了，也去郊外租赁一片地方办企业。

结果是显而易见的：绝大多数的模仿者都碰得头破血流。其实，很多后来杰出的人也曾经走过这样的弯路。戏剧大师卓别林刚刚出道的时候，曾经有几年的时间模仿当时红极一时的一位德国喜剧演员，可是不论怎么努力，最后大家都认为他还是没有学习到人家的精髓，模仿得不伦不类。后来，他放弃了模仿，潜心摸索提高自己的演技，从现实生活中寻找喜剧元素，最终创造出一套独一无二的表演风格，成为世界级的喜剧大师。

在这个世界上，我们应该为自己是一个独特的自己而庆幸；我们应该做的，是充分利用大自然赋予我们的一切，找到那个属于自己的位置。其实，不仅仅是文学，任何一种艺术都是自传性质的，你只有唱自己的歌、画自己的画、写自己熟悉的世界，你的那些独一无二的经验、阅历、环境、家庭背景甚至性格，才有可能最大限度地造就一个独特的你，你才有可能成为一个独一无二的杰出的人。

你的工作是很有意思的

我们能否这样常常问问自己：我对于自己从事的工作感觉有意思吗？我满意现在的生活吗？我对于自己的未来充满信心和期待吗？

答案显然是多种多样的。有的人自我感觉良好，有的人却感觉自己的工作和生活没有一点意思。我们平日里看到的那些怨天尤人的人、那些垂头丧气的人、那些心灰意冷的人，无疑就是后一种人了。

让我们看看美国的霍华先生和山姆先生吧。

霍华先生年轻的时候家境很贫穷。他读中学的时候，家里没有钱给他交学费和生活费，他只能在学校的福利社里洗盘子、擦柜台、卖冰激凌挣钱交学费和生活费。在他拼命干着这些活计的时候，他的同学们在打网球或者跟女同学约会。显然，霍华也不满意自己的生活，他不甘心眼下的状态，他希望自己能够改变命运。可是，想来想去，他都没有什么办法可以改变命运。既然没有什么办法，再埋怨也没有意义。他想，自己应该努力使自己喜欢眼下的工作，让自己的工作可爱起来。于是，他在卖冰激凌的时候，就开始研究冰激凌是怎么做成的、使用了什么配方，那些好卖的冰激凌有什么特别之处，等等。

在他醉心于研究冰激凌化学成分的时候，他渐渐对化学有了兴趣，他用心钻研化学知识。一个学期以后，他成了全年级的化学尖子。到了高中毕业的时候，他的化学成绩更加出类拔萃，他没费吹灰之力就顺利考入了马萨诸塞州州立大学化学系，专门研究食物营养学。

当时，当局刚刚通过了一项新的法案：牛奶里面所含的细菌，必须是可以计数的。这项科技含量很高的法案，让霍华的专业知识派上了用场，14家牛奶公司聘请他担任技术专业人员。

毫无疑问，好运都顺理成章地眷顾了霍华。此后，不仅他自己成为美国的营养学专家、牛奶产业的技术权威，他的公司也成为美国牛奶生产领域的老大。有意思的是，霍华没有忘记他的老同学和老朋友，他把那些失业的老同学、老朋友都召集到了自己的公司，让他们做一些力所能及的工作。

还有一个美国人山姆，他的命运也是这样改变的。因为家境不佳，他没有读完中学就肄业了。因此，他只能找到一份在火车头公司站着做螺丝钉的工作。开始，他感觉这份工作乏味透了，很想辞职走人。但是，自己一无所长，又能找到另外的什么工作呢？他这样想：与其怨天尤人，还不如设法让自己喜欢眼下的工作。为了找到乐趣，他动员邻近的工友与自己比赛，看谁在同样的时间内生产的螺丝钉数量多：谁输了，谁就在下班以后请对方喝啤酒。一下子，乏味的工作变得生动而有趣起来。后来，很多工友都参与进来。在车间里，大家你追我赶，既增加了乐趣，又提高了产量。

老板非常欣赏这个会动脑子的年轻人。没过多久，他就凭借带头创新赢得老板的青睐，接连被提拔为车间负责人、工厂技术负责人、副总经理。15年以后，38岁的山姆，晋升为美国巴尔温火车头制造公司的董事长。

一切都是自然而然的。如果你设法让自己喜欢眼下的工作，努力把乏味的生活变得富有乐趣，你不仅会发现自己的工作是很有意思的，还会发现：成功也是自然而然的。

给落水的人一条绳子

对于一个落水的人来说，什么样的帮助才是最好、最实际的？是一根绳子。

《庄子》中有一个有趣的故事：庄子家已经贫穷到揭不开锅的地步了，无奈之下，庄子只好硬着头皮到监理河道的官吏监河侯家去借粮。

监河侯是个很圆滑的人，他不想借粮给庄子，可是又不好当面拒绝，就假装爽快地答应借粮。他说："你是大学问家，我非常愿意帮助你。县里晚些天就给我很多银子，到时候我马上借你300两银子。"

庄子听了监河侯的话非常生气，他知道这是监河侯的托词。他愤然地对监河侯说："我昨天赶路到府上来时，半路突然听见有呼救声。环顾四周不见人影，再观察周围，原来是在干涸的车辙里躺着一条小鱼。"

庄子叹了口气说："它见到我，像遇见救星般向我求救。这条小鱼告诉我，它原来住在东海，不幸随着一场大雨沦落在车辙里，无力自拔，眼看快要干死了。它请求我赶快给它一点水，救救它的性命。"

监河侯听了庄子的话后，问他是否给了水救助小鱼。

庄子看了看一头雾水的监河侯，冷冷地说："我说：可怜的小鱼，你是一条多么可爱的小鱼啊，我非常愿意帮助你。你耐心等我到南方，劝说吴王和越王，请他们把西江的水引到你这儿来，把你接回东海老家去！”

监河侯对庄子的救助方法感到十分不解：“那怎么行呢，等你引来水，小鱼不早就干枯而死了吗？”

“是呀，小鱼听了我的主意，当即气得睁大了眼，说：眼下断了水，没有安身之处，只需一桶水就能解困，你说的所谓引水全是空话、大话，不等把水引来，你就只能到鱼市上看我成干鱼啦！”

远水解不了近渴，这是生活的常识。不切实际的想法，都是空洞的幻想。

新加坡开国元首、前总理李光耀非常欣赏庄子的哲学，他信奉的人生哲学就是“实际”二字。他治理国家几十年，从来不喊空洞的口号。新加坡在他的领导下，以弹丸之地赢得举世的尊敬，就是得益于他的实用哲学。

他说：“我对于空洞的哲学不感兴趣，你可以说我是功利主义者，我只对行得通的办法有兴趣。”

在我们的生活中，在我们身边，庄子所批评的这样的例子太多了。救助一个落水的人，给他金银财宝，不如给他一根普通的绳子。已经饿了很多天的人，让他等待有了黄粱米饭和山珍海味再吃，他的生命肯定一命呜呼。

鱼竿和鱼篓

在南太平洋的澳大利亚，有一个鱼竿和鱼篓的故事广为人知。

两个年轻人外出旅行，因为迷路而越走越远，到了一个人迹罕至的地方。这个地方距离最近的村镇也有几百公里。眼看着所带的食物没有了，要返回也是不可能了。正在绝望的时候，他们遇到了一位钓鱼的老人。老人手里拿着一根钓竿，鱼篓里有一些鱼。他们立即向老人求救。老人说："从这里走到有人烟的地方，至少有七天的路程，我手里的两样东西分别送给你们，请你们自己看着渡过难关吧。"老人请他们自己选择：要么要鱼篓里的那些鱼，要么要钓竿。二人中年龄稍大些的要了鱼篓里的鱼，他说："我没有力气去钓鱼了，我吃着这些鱼回去。"他想，有鱼果腹，还愁饿肚？年龄小一些的拿了钓竿以后，心里想：鱼竿在手，何患无鱼？他们高兴地和老人告别了，然后分道扬镳。

拿了鱼的人在原地就用干柴搭起篝火煮起了鱼，他狼吞虎咽，转瞬间，连鱼带汤就被他吃了个精光。不久，他便饿死在路上，身边是空空的鱼篓。另一个人则提着鱼竿继续忍饥挨饿，一步步艰难地向海边走去，可当他已经能够看到不远处那片蔚蓝色的海洋时，他的最后一点力气也用完了，只能眼巴巴地带着无尽的遗憾撒手人间。

很多年以后，又有两个年轻人同样因为迷路，到了这个人迹罕至的地方。同样，在他们山穷水尽的时候，他们遇到了一位老人，老人手里有两样东西：一是钓竿，一是装有一些鱼的鱼篓。他们向老人求救，老人依然是分别送给他们每人一样东西以后就走了。两个年轻人商量：我们不能分开，两个人的力量和智慧肯定比一个人的大，我们共同吃着这些鱼去寻找钓鱼的地方，边钓鱼、边向有人烟的地方靠近，就有救了。

他们俩同甘共苦，精打细算，每顿只煮一条鱼。果然，在鱼篓里的鱼将要吃尽的时候，他们找到了钓鱼的地方，一个上午就钓了十多斤鱼。后来，他们把钓的鱼晒成鱼干，向着来路走。十几天以后，他们成功地从死亡之地突围，回到了出发的地方。

澳大利亚人把这个故事作为他们民族的珍贵经验，告诉自己的子孙：不论做什么事情，都要精诚合作，而不要自私狭隘。

蝴蝶在你身旁翩翩飞

一个青年拜在大师门下，夜以继日地刻苦学习，从读书到交友、写作、研究、言谈举止甚至日常生活，模仿大师的一切，没有多久就累得筋疲力尽，却又感觉并没有把大师的精髓学到多少，大师依然是光彩照人的大师，自己依然还是默默无闻的自己。

相反的是，他发现：同时来的另一名同学，并没有像他那样唯大师马首是瞻，似乎也没有像他那样刻苦模仿，却进步很大，多次得到大师的嘉许。

他很苦闷。大师看出了弟子的心事，就对他说："我感觉你就像一个急匆匆赶路的人，似乎前面有很珍贵的宝贝等待你去拿。"

他说："是啊，我知道智慧之光在前面，我要披星戴月地去追赶智慧。"

大师说："你怎么知道，智慧就一定在你前面呢？你见到过蝴蝶吧，你越是追赶，它跑得越远；你停下脚步，它反而会回到你的身边，围绕在你的周围翩翩飞，甚至落在你的肩膀上、头发上、胳膊上。"

弟子幡然大悟。他对大师说："智慧无处不在，很多智慧就在人生的转角处、在我们的身后，它需要的是我们停下脚步，静心聆听。"

大师颔首而笑。

没过多久，这个弟子就脱颖而出，不但学习领会到了大师的智慧，而且超越了大师，成为一代宗师。

这个人，就是古希腊最著名的哲学家苏格拉底的弟子柏拉图。

很多人生的智慧，就隐藏在我们的周围。

北美的一棵千年古树

在美国的科罗拉多州长山的山坡上，生长着一棵巨大的古树。人们发现它，是在第一批欧洲移民来到北美大陆的时候。当时，有一位植物学家发现了它的存在。植物学家仔细地测量了它的年轮和周长之后说，这棵树至少存活了千年以上。听到了消息的人们都去参观这棵稀奇的古树，为它起了很多苍老的名字，大家把它看作科罗拉多州的历史和象征。

植物学家对这棵古树进行了更为细致的研究之后发现，一千多年以来，这棵参天古树可以说是多灾多难：它遭受了41次雷击，经历过6次森林大火的焚烧，它生长的这片山坡遭遇过39个特别干旱的年头，也曾经在58个年头里遭受暴雨的侵袭。至于狂风的扫荡就更不计其数了，哪一年都有几个月的时间是在狂风大作的天气里度过的，因为它生长的这片山坡正是位于大峡谷的进风口。

可是，令人惊奇、赞叹的是，这棵巨大的古树在所有这些堪称灭顶之灾的灾难面前都挺了过来，栉风沐雨，战胜了一个个巨大的灾难，维持着自己傲视自然的尊严，由一棵弱不禁风的小树苗，渐渐长成为参天大树，大无畏地耸立于天地之间，甚至可以说成为整个北美地区的树林之王。

在南北战争结束以后，美国总统林肯曾经在一次视察的时候前来参观这棵古树。为了表达对古树的尊重，林肯下令为古树立了一块纪念碑，上面记载了植物学家对古树考证的记录，并在古树的周围设立了一圈保护链，让每一个来这里的人都要自觉地保护它。古树因此而名声大噪，成为美国乃至北美地区一处有名的景观。

可是，在不久之前，这棵被发现、保护了几百年的参天古树，突然枯萎死掉了，它那庞大如云翳一般的树冠纷纷落下，它那伟岸、雄壮、苍老的身躯腐烂了。

这个消息立即惊动了美国无数的植物学家，他们带着各种先进的仪器来到这里对古树进行会诊。会诊的结果不仅让植物学家们也让所有关心这棵古树的人们痛心：千年古树不是毁于自然界气候的变化，不是因为树龄的苍老，也不是因为它染上了什么疾病——它竟然毁于树心里的一窝小甲虫！

不知道是在哪一天，有一只小甲虫来到了这棵古树身边，它沿着一条狭长的缝隙，钻进了古树的腹部，然后就在古树的心脏里安营扎寨，繁衍子孙。它们吞噬古树的汁液，吃古树的树干，慢慢地把古树的内脏吞噬殆尽了。然后，它们把古树的根须咬断，最后彻底切断了树干与大地的联系。

甲虫的家族越来越兴旺，它们悄无声息地、持续不断地攻击，使古树渐渐丧失了千年积聚的元气，终于在一场小小的风雨之后，轰然倒掉！

历经苍苍千年的参天古树，岁月不曾改变它的斗志，闪电不曾击倒它的躯体，暴雨狂风也不曾拧断它的枝叶，可是最后，竟然被一群小小的甲虫毁掉了。

有多少人像这棵北美的千年古树，自己经历了无数的艰苦努力，取得了辉煌的业绩和名声，可以撑过无数的狂风暴雨和雷电的打击，可是最后，却没有抵挡住那些微不足道的小小甲虫的噬咬，被自己一时的糊涂葬送了一生的前程。

因纽特人插刀待狼

古人早就发现了贪欲是人的致命软肋，所以，发明了“欲壑难填”这个成语：因为永不满足的贪欲，而将自己一步步引向万劫不复的深渊。

生活在寒冷北极的因纽特人，生活方式基本还停留在原始狩猎的时期。但是，他们面对一年四季的冰雪严寒，却依靠自己的智慧，发明了很多奇异的捕猎技巧。其中，捕狼的方法尤其让人叫绝：他们在锋利的刀刃上涂上一层动物的鲜血，凝固之后涂第二层鲜血，接着涂第三层、第四层……直到冻成血坨、刀刃被血浆完全封裹起来，然后将刀反插在野外的雪地上。

中国人的“守株待兔”是迂腐的代名词，但是，因纽特人的“插刀待狼”却是过人的大智慧。在北极的冰雪荒原上，常常有多少天找不到食物、饥饿难挨的狼，在十几公里之外闻到动物的血腥气味之后，立即疯狂地朝着血坨的方向奔跑。狼看到血坨，会不假思索地兴奋地舔食刀上新鲜的冻血。狼舌头上的温度也会渐渐融化刀上的冻血，使之不断散发出强烈的气味。而在血腥味的刺激下，狼会越舔越快、越舔越用力。

狼这时已经嗜血如狂，对于已经裸露出来的锋利的刀锋也毫无察觉，根本感觉不到舌头被刀锋划开的疼痛。狼此刻根本不知道它舔的已经是自己的鲜血，反而变得更加贪婪，直至自己鲜血流尽，倒在地上，成为因纽特人的猎物。

因纽特人用这样一把简单的利刃，有时候诱捕到的是一只狼，有时候是几只狼，有时候甚至能一次诱捕到十几只狼。因为如果是一个狼群，它们会更加肆无忌惮地争抢，甚至有的狼会把利刃一口吞下，瞬间毙命。

毫无疑问，让狼最终耗尽生命的，是狼自己的贪欲。而因纽特人，正是巧妙地利用了狼的贪欲，设置了这样一个陷阱。

从友好和谦逊开始

美国前总统威尔逊曾经说过：“要是你对我握拳头，当然我的拳头会握得更紧。但是，如果你对我说：‘让我们坐下来交流一下，看看我们为什么意见不一。’我们都会发现，我们之间并没有很大的分歧，异议只是小部分，大多地方我们的看法还是一致的。”

科罗拉多州煤炭钢铁公司的老板洛克菲勒，就很好地运用了威尔逊总统的经验，成功化解了公司的危机。1915年，当时科罗拉多的大罢工已经持续了两年多的时间，工厂的设备遭受了严重的破坏，军队的参与造成了不应有的流血事件。矿工们都非常愤怒：他们并没有提出什么苛刻的条件，仅仅要求老板增加薪水，为工人购买保险。因为随着物价的上涨，他们的薪水已经养活不了家人，他们的生命也没有丝毫保障。

令人惊奇的是，洛克菲勒仅仅运用自己的演讲艺术就化解了这场可怕的危机。这一天，参加罢工的工人们又聚集在市中心的广场上。洛克菲勒穿上一身崭新的工装，一早就出现在广场的中心高台上。他这样开始了自己的演讲：“今天是值得我一生纪念的日子，我第一次荣幸地和员工们一起参加这场集会。对于这场集会，我终生难忘。在两周之前，我们彼此还不熟悉，我只认得你们中的几位。但是，上周我有幸拜访了南区煤矿所有的工人宿舍，跟大家都谈了心，认识了各位的太太和儿女。今天，我们再见面，我们就不再是陌生人，而是熟悉的朋友了。今天，我能够代表公司与大家讨论大家关心的问题，我感到十分高兴。现在，我感觉我们就是一家人，我们没有什么问题不能够解决。”

听了洛克菲勒充满温情与友善的开场白，工人们的愤怒顿时平息下来，现场鸦雀无声，继而爆发出雷鸣般的掌声。

洛克菲勒与几个工人代表坐在一起，双方的意见很快就达成了一致，旷日持久的罢工浪潮就这样戏剧性地结束了。

可以想象，如果洛克菲勒没有用这种友善与谦逊的态度与工人对话，而是像过去的谈判者那样使用恐吓的手段，或者根本就不承认工人们的诉求，结果还是会像过去一样恶性循环，罢工始终不会结束，工人们会闹得更凶。

更为神奇的是，就连洛克菲勒本人也没有预料到，不但他的这次演讲化解了一场造成巨大损失的大罢工，而且他本人也因友善和谦逊赢得了工人们的认可，工人们把他当成了自己家庭的朋友，大家共同克服困难，齐心协力工作，开创了公司几十年不衰的黄金时代。

洛克菲勒这次成功的演讲，其实并没有什么难以理解的秘密，就是主动做对方的朋友，让自己持有谦逊的态度，让自己的每一句话都充满友善的力量。

如果我们要说服一个人或者一群人，很多时候，任何严密的逻辑都无济于事。但是，当你以一个朋友的身份、以充满友善与谦逊的态度出现在对方面前，你会发现，所有的矛盾都没有那么尖锐，所有的问题都可以商量，这个世界到处都是和风细雨。

智慧的问卷

某电视台招聘新闻记者，有一个重要的条件，就是考察采访时是否具有智慧的问答能力，也就是看应聘者是否具有随机应变的思维能力。

为了能够选拔出具有真正采访能力的新闻记者，电视台别出心裁地请专家们出了一道有趣的题目：在荒郊野外的一个路口，你恰好驾车到达那里，你的车后排座位上装满了生活用品，仅剩副驾驶位置还能容下一个人。而在那个路口，你却发现正巧有三个人：你一直暗恋的女同学，你的上司，还有一个突然发病的陌生人。

问题：此时，你怎么办？你选择让谁上你的车？是让你的女同学上车一起去兜风，还是让你的上司上车，抑或是拉上突然发病的陌生人去医院挽救他的生命？

看到答卷之后，应聘者们开始奋笔疾书，几乎所有的人都选择了让突发疾病的陌生人上车，他们在进行文字表述时基本都是这样说的：“我们倡导救死扶伤的社会美德，挽救一个人的生命是一个公民起码的道德良知，我宁可得罪自己的上司，宁可让我的女同学伤心，也要做一名合格的具有社会美德的青年。”

但是，有一个例外，一位21岁的来自省内一所大学中文系的男青年做了如下选择："我首先下车了解清楚我面前的情况，然后，我把我的车钥匙交给我的上司，请他把得了疾病的陌生人送到最近的医院，然后回家，次日把车开到他们单位；自己则挽上女同学去山坡野炊，与女同学一起度过一个浪漫的野外周末。"

所有应聘者的问卷都交上来了。看到这份答卷之后，几位评委专家一起点头。他们初步商量之后，立即宣布：这个青年被录取了，他具备一名记者应有的智慧。

是的，答案并不复杂，但是，为什么大多数人没有这样回答？毫无疑问，这个题目是一个智慧的陷阱，你不论选择让谁上车都是错误的：让上司上车，会落一个巴结献媚的骂名；让病人上车，将会失去上司的信赖，还会失去爱情；让女同学上车，更会让自己陷入不仁不义的境地。

当生活中出现问题时，总是会有很多解决的方案，其中一定有一个是比较圆满的，而这正是生活的智慧所在。

我们的生活中每一天都在发生类似的故事，我们也每一天都在面临这样的选择，如果我们的心中多一分思考，我们就是一个智慧的人了。

摩尔斯密码

英国著名的翰瑞公司要招聘一名发报员，公司发布的招聘公告称，只要是熟悉国际通用的摩尔斯密码系统的人都有资格应聘。公司开出了非常诱人的待遇条件，一旦应聘为公司员工，收入和福利都是一流的。

很多学有专长的年轻人都闻讯而来。来到公司以后，应聘者发现，他们就被安排在公司的大厅里等候面试。大厅的尽头有一间神秘的办公室，负责面试的公司经理就坐在那个房间里。他们被告知，要先在大厅里排队等候，排到谁的时候，人事经理会把人带到那个房间。

因为前来应聘的人很多，大厅里又有无数来公司办业务的人，大厅里还播放着一种乱糟糟的非常嘈杂的音乐，又有人不停地接听着电话，环境实在乱极了。其中有应聘者甚至认为，在这样的环境里面试员工，显示出这个公司的傲慢和无礼。

这个时候，有一个年轻人进来了。他进来以后，就自觉地站在了队伍的最后。但是，停了一会儿，他似乎明白了什么，看了看大家，什么也没有说，就径直走进了大厅尽头那间神秘的办公室。

大家都非常惊奇，也非常不理解：他刚刚来了不久，怎么就自己直接进房间去了？不是明确规定大家站在这里等待人事经理叫名字吗？

不久，人事经理带着那位年轻人出来了。面对着万分疑惑的所有应聘者，人事经理告诉大家：“大家可以回去了，面试结束了，这个年轻人被正式录取为公司的发报员了。”

大家非常不满，非常愤怒，说：“我们早就来了，一直被安排站在大厅里等候叫名字。他来得最晚，没有被叫名字却直接进去了，这不是明摆着走后门吗？既然你们早就内定好了人选，为什么还要向社会公开招聘，耽误大家的宝贵时间呢？你们这是打着招聘的幌子沽名钓誉吧？”

人事经理和那位年轻人都笑了。人事经理告诉大家：“我们招聘发报员，特别选择了公司大厅这个嘈杂的环境。甚至，我们还刻意安排了一些更嘈杂的因素。但是，让我们遗憾的是，在这个年轻人到来之前，大家一直都没有发现：在大厅中持续播放的嘈杂音乐中，我们始终播放着摩尔斯密码的电波。而这个电波解读之后的意思就是：谁听懂了这个密码，就请直接走进那个房间。”

人事经理看着惊诧万分的应聘者们继续说：“公司非常满意，这个年轻人尽管来得最晚，但是他没有多久就听懂了密码。我们认为，这个年轻人不仅仅精通摩尔斯密码，而且是一个非常细心的人，是一个不论在什么场合都能够保持冷静的人，而这正是我们招聘发报员的条件。他非常符合公司的要求，正是我们要寻找的优秀员工。”

所有的应聘者，都怀着无限的沮丧和万般的遗憾悻悻而去。

其实，几乎我们所有人，每天都在面临这样的问题。我们常常用常规的思维束缚着自己的行为和心智，循规蹈矩，按部就班，把自己的能力和智慧限制在一个很小的范围内。因此，很多大好的机遇被我们轻易地错过了，很多成功的机会也悄悄失去了。

鲁锦家训

我家乡一带的妇女，都会织一种粗布，自己纺线，自己浆洗，然后在自家的木质织布机上织成各种花纹的布。这种布，在我们那里叫鲁锦。但是，织鲁锦是个复杂的技术活儿，并不是每个妇女都能织好。所以，会不会织布，家里储存了多少布，就成为村里衡量一个妇女持家过日子能力的标准。

我的一个远房老奶奶最近去世了，我前去吊唁的时候，听村里人说了一个故事。

老奶奶去世前几天，把子孙们都叫到床前。她有三个儿子、七个孙子。她让子孙打开了自己结婚时娘家陪送的一个枣木柜子。这个柜子平时老奶奶是不允许别人看的，似乎里面装着她不愿让人知道的秘密。

柜子打开了，子孙都非常震惊——里面整整齐齐地放着的是各种不同花纹的鲁锦，足有一百多卷。人们都知道，一卷这样的布，从纺线到浆洗，再到缠绕成纺锤，最后织成布，没有几个月的时间是完成不了的。老奶奶依靠什么信念织成了这些布？其实，应该还有很多布，已经在其子孙身上用掉了。

可是，老奶奶把他们叫到床前，显然不是为了向子孙炫耀自己的劳动成果，她有话要告诉子孙们。她慢慢地说：“我从娘家来到这个家的时候，我的母亲告诉我，出嫁了，去做人家的媳妇，夫妻之间、婆媳之间、姑嫂之间，总是难免争吵拌嘴，遇到这种情况的时候，有个秘诀可以避免争吵：你不要争辩，去织布机上织布，当两尺布织完的时候，你就会发现，那些当时让你愤怒的争执都不存在了。我从进了这个家门，就按照母亲教我的方法去做，才积攒下了这么多布。”

子孙们恍然大悟，平时村里人都说老奶奶一辈子没有与谁红过脸，他们也从没见过她生气发怒，原来秘密在这里。老奶奶走了，子孙们没有分掉那些鲁锦，他们决定把它们保留下去，作为实物家训，留给他们的子孙。

“聪明”的木匠

当我们在为一个企业、组织或者国家做事的时候，我们是否会像给自己做事一样尽心尽力呢？

有这样一个有趣的故事：一个上了年纪的木匠准备退休了。雇主很感谢他为自己工作多年，问他能不能再建最后一栋房子。木匠答应了。可是，木匠的心思已经不在干活上了，他耍起了小聪明，干得马马虎虎，偷工减料，用劣质的材料随随便便地把房子盖好了。房子完工以后，雇主拍拍木匠的肩膀，诚恳地说：“房子归你了，这是我送给你的礼物。”

木匠惊呆了。他心里想，如果知道是在为自己建房子，他绝对不会耍小聪明的，他一定会用最优质的材料、最高明的技术建造房子，然而现在呢，却建成了“豆腐渣工程”！可是一切都已经来不及了。

我们每个人都可能是这个自以为聪明的木匠。每天，我们砌一块砖、钉一块木板、垒一面墙，最后发现，我们居然不得不居住在自己建成的房子里。可这时一切都已成定局，我们已经无法回头了。这就是人生，充满遗憾和嘲弄。

再也没有比“我只是在为别人工作”这种观念更伤害我们自己了。人生中最重要的是，要及早认识到，我们是自己命运的播种者。我们今天所做的一切，都会在将来深深地影响到自己的命运。种瓜得瓜，种豆得豆，几分耕耘，就有几分收获。

认识到我们是在为自己工作，意味着自我负责和自我激励。一个人只有对自己负责，激励自己进步，才能掌握自己的命运。有些人得过且过，做一天和尚撞一天钟，整天混日子，他们的心思没有放在工作上，只有在老板面前才会装装样子。有些人看上去忙忙碌碌，可并不是真正地用心，只是用这种忙碌的假象欺骗自己。有些人见了责任就躲，不肯多做一点事。有些人无法面对挑战，自己给自己设限，认为自己这也做不了、那也做不了，面对稍有些难度的工作就先打退堂鼓了。

没有付出，当然不会有回报。即使你的环境、你的工作、你的老板、你的同事有再多令人不满意的地方，你也应该知道：你的所作所为，是为了你自己，而不是为了他们。这是我们自己的工作、我们自己的人生，一切的恶习，最后受伤害的只能是我们自己。你能伤害到别人吗？不能！你不努力，你的老板可能受损失，但是你失去的更多！你失去了一个充实美好的人生。

我们时刻都在建造自己的房子，所有的私心和小聪明都是自掘坟墓。如果明白这一点，木匠的悲剧就不会发生，他的命运也就握在了自己手中。

布什家族的梯子

在美国，出了父子两任总统的布什家族，其政治上的成功，已经是一个堪与林肯家族、肯尼迪家族齐名的范例。

布什家族成功的经验自然很多，但是，研究者们发现，其中有一个最重要的细节，或者密码，是他们为孩子自幼灌输的“梯子意识”。这个“梯子意识”，从孩子懂事的那一天起，就被父母注入他们的人生观念之中，成为他们一生恪守的信念，也成为他们一步步走向成功的阶梯。

从老布什的父亲那一代开始，家族的图书馆里就把这样一篇文章镶嵌在十分醒目的位置，要求每一个孩子熟读背诵：

一家公司招聘营销部经理，最后有三人进入了公司老总亲自主持的最后一轮考核。奇怪的是没有考题，老总开车把三位年轻人拉到一座果园里，指着三棵高大的苹果树说：“你们每人一棵树，看谁摘的苹果最多，谁就能成为本公司营销部经理。”老总刚说完，三个人立即扑向果树。A身高臂长，站在树下，上下左右开弓，不一会儿就摘了很多苹果。B身形灵活，就像猴子一样爬上树，闪展腾挪，眨眼间，也摘了不少苹果。只有C生得又矮又胖，尽管他很着急，但摘的苹果数量显然落后于其他二人。

“要是有架梯子就好了，可哪里有梯子呢？”C的大脑急速地运转，“果园门卫大爷那儿会不会有？”想到这儿，他立即跑到门卫室，诚恳地向门卫大爷说明情况。刚才老总领着他们进来时，只有C热情地和大爷打过招呼，大爷显然对他印象很好。他领着C来到门卫室后面，果然有一架装修用的铝合金梯子摆在那里。C谢过大爷，搬着梯子跑回果园。有了梯子，C变得游刃有余，摘起果子来随心所欲。这时，A、B遇到了难题。A虽生得高大，却怎么也够不到高处的累累硕果。B虽身手敏捷，却不敢爬到细枝上去摘。这时，他俩也想到用梯子，可当他俩跑出去找了一圈，哪还找得到梯子的影子？果园里就那一架梯子。等他们气喘吁吁地跑回来，老总对他们说：“不用再比了，我宣布：C被聘为营销部经理。”虽然C论高大比不过A，论灵巧比不过B，但他面对困难时，能迅速找到解决办法，打开局面，这是一个营销部经理最可贵的素质。A、B输得心服口服。

老布什的父亲在文章的最后这样告诉子女：你要成功，就必须学会搭建自己的梯子，树立“梯子意识”；依靠单打独斗，是不会成功的。

小布什中学读书时成绩很差，好玩且喜欢搞恶作剧，但受其父影响，有了从政的理想。老布什知道他的志向后，就送他一句话：“要记住每个和你交往过的人的名字。”后来，小布什进入耶鲁大学主修历史，成绩一般，大多数课程仅得C；但他一直牢记着父亲的话，大学四年，他熟记了一千多名同学的名字，并与大多数同学成为很好的朋友。毕业后，他不论到哪里工作和生活，都始终与这些同学保持着密切的联系和友谊。后来，在53岁竞选总统时，他当年的那一千多名同学成为他遍布全国的竞选团队的骨干力量，他们不遗余力地给予他有力的支持。最终，他凭着父亲传授给他的这架感情交往的梯子成为美国总统。

我们很多人也勤奋地努力了，但是，在很多时候却发现自己总是力不从心。原因很简单：你缺乏这种借助外力让自己事半功倍的“梯子意识”。

招聘者

人生的很多机会，是自己创造出来的。

长期以来，《泰晤士报》一直被认为是英国的第一主流大报，被誉为“英国社会的忠实记录者”。《泰晤士报》不仅仅在英国国内政治和国际关系问题上扮演了重要角色，而且是一份对全世界政治、经济、文化发挥巨大影响的报纸。

诞生于1785年的英国《泰晤士报》，怎么也没有想到，一次迟到的招聘，一名姗姗来迟的应聘者，不仅仅改变了自己的命运，也因此让集团脱胎换骨，走向世界。

1966年，《泰晤士报》主要靠刊登小型奢侈品广告度日，此时已经不堪重负。这个时候，报社决定招聘一些新生力量，充实编辑记者队伍，希望能够给报社带来转机。

招聘持续了一周的时间，各个岗位都招满了，但是这个时候，一个叫默多克的澳大利亚人来报社应聘了——他因为坐船耽误了时间。

来到报社大门口的时候，他说明了来意，并说明了来晚的理由。

他对负责招聘的人说，自己有过编辑工作经历，可以胜任编辑岗位。那人告诉他，编辑岗位满员了。

他又说，自己做记者工作也是内行，希望给他一个机会。负责招聘的人说，这个岗位早就满了。

他又说，排版校对的工作总可以让他试一试吧，这项工作他也是熟悉的，他不在乎身份低贱，只要让他暂时工作就行。负责招聘的人很坚决地说，这两个岗位也已经满员了，而且因为门槛低，这两个岗位反而竞争更加激烈。

这时，这个看起来誓不罢休的年轻人，从手提包里拿出一个做得很精美的广告牌递给负责招聘的人说："这个，你们总需要吧？"只见广告牌上写着"招聘已满"。

报社负责招聘的人，就是报社总编。看到年轻人拿出的广告牌，他笑了。他对默多克说："年轻人，其他的岗位都满员了，但是有一个职位为你空缺着，是总编助理的岗位，明天就是你上任的日子。"

没有几年时间，默多克成为《泰晤士报》的掌门人。在他的手里，《泰晤士报》起死回生，走出国门，成为世界一流媒体。

藏在废塑料里的财富

小禾是我农村老家的小表弟，在他初中还没有毕业的时候，因为父亲突然去世，他就辍学承担起家庭生活的负担。

在我的老家鲁西南，人口稠密，人均土地很少，仅仅靠种地没有多少收入。小禾就靠父亲留下的一辆破自行车做起了收废品的生意。因为收废品用不了多少本钱，而且没有什么风险，因而干这一行的人很多，在一个村子里经常能够碰到几个收废品的同行。

开始的时候，小禾同其他人一样，什么都收——废塑料、易拉罐、旧酒瓶、旧报纸等，一天下来也就赚十几块钱。小禾的母亲说，干这一行的人，干一段时间就因为挣不了大钱而改行了。她劝儿子趁年轻干点别的，学一样技术好养家糊口。但是，小禾却有了新的想法。他对母亲说，他发现了一个诀窍：在收了废旧塑料卖给县城里的塑料厂时，他看到有很多人去批发塑料制品——塑料盆、塑料碗、塑料桶等，这些产品都是农民需要的。要是自己批发了这些产品，到农村里换废旧塑料，再用废旧塑料去厂里换产品，就是双重的利润了。

小禾在收了半年废品以后，就做起了用废旧塑料换塑料产品的生意。小禾的这个办法很受欢迎，农民不用花钱，而且不用到集市上去，就能够换到自己需要的塑料制品。到了第3个月的时候，连小禾都没有想到的结果出现了：方圆几十公里的农民都知道了有个用废旧塑料换取塑料制品的小禾，他们都盼着他尽快到自己的村子里来，平时他们都积攒着废旧塑料专门留给小禾。小禾的废旧塑料回收量大幅度地增长，他淘汰了自行车，换成了机动三轮车，后来又换成了加长四轮小货车。再后来，四轮小货车也不够用了。这时，小禾又想，我应该办一个回收站，招募一些零工代替自己到附近的村里去换废旧塑料。

不久，小禾的收购站办起来了，招募了20多个人，他每天的收购量一下子增加了10倍以上。现在是小禾从事收购废品以来的第5个年头，他的收购站已经是年利润50万元的企业了。他不仅还清了给父亲治病欠的债务，还盖了楼房，买了两辆汽车。

小禾从老家来找我，想让我陪他一起去考察一家塑料制品厂，他说他的下一步计划是建一家塑料制品厂，这样他的利润就会更大了。我想，小禾的利润会更大的，因为我知道，他不像一般的农民那样只会用力气挣钱，他会用脑子，会用自己的智慧。

每一个人都有优秀的地方

我们通常认为，那些事业成功的杰出人士，他们身上都有着我们常人所不具备的优秀素质。其实，我们在生活中遇到的每一个人，都至少有一方面是优秀的。孔子说：“三人行，必有我师”，说的就是这个道理。因此，不论与谁打交道，如果你能够明了这一点，然后以不露痕迹的方法让对方明白——他是具有优秀素质的人，你就赢得了对方的欢心，你也就为自己打开了成功之门。

美国的卡耐基先生曾经有过这样的经历。有一次在纽约，他准备邮寄一封挂号信，所以到邮局排队。卡耐基注意到那位负责挂号信业务的邮局员工对他的工作很不耐烦的样子。这也可以理解，称信、取邮票、找零钱、开收据……年复一年、日复一日，这位员工一直做着这种单调而重复的工作。

“我一定要让这个人喜欢我。”卡耐基先生对自己说，“显然，要让他喜欢我，我必须和他说让他感兴趣的话。当然，得是有关他的，而不是关于我的。”因此，卡耐基先生问自己：“他是不是有值得我赞美称赏的地方呢？”

这个问题有时候的确不易回答，尤其当你面对的是一个陌生人时。不过，这次却很凑巧，善于观察的卡耐基先生很快就在那位邮局员工的身上发现了值得他赞美的地方。

就在那位邮局员工给他称信的时候，卡耐基先生热情地对那位员工说："真希望我也有您这样的好头发。"

那位员工略微有些惊讶地抬起头来，看着这位赞美他头发的顾客，脸上露出了由衷的微笑。"现在没以前好了。"他很谦虚地说。

"虽然它比以前稍减光泽，但仍然还是那样好。"卡耐基先生非常诚恳地说，"我可真羡慕您有一头这样的好头发。"

那位邮局员工听后显得格外高兴，他们聊得很愉快。最后，那位邮局员工告诉卡耐基先生："有许多人说过我的头发好看。"说这话的时候，他的脸上洋溢着抑制不住的喜悦。

然后，他非常仔细、非常用心地把挂号信的手续办完，并且给卡耐基先生留下自己的联系方式，让卡耐基先生以后有业务的时候直接联系他，他会以最快的速度把事情办好。

我们可以想象，那天那位普通的邮局员工的午饭一定吃得非常开心；晚上，他到家后，一定会十分欣喜地告诉他的妻子这件事，甚至他还会对着镜子自夸自赞："我的头发实在太漂亮了。"甚至，我们也可以想象，以后的很多天，他都会沉浸在被赞美的喜悦之中。

在人类行为中，有一条至为重要的法则是"永远尊重别人，使对方获得自我成就感"。遵守它，就会为自己带来快乐；反之，如果你违反了它，那你就会陷入无尽的挫折之中。

心理学家詹姆森教授说："在人类天性中，最深层的欲望就是渴望得到别人的重视。"

毫无疑问，如果你希望自己的观点被人采纳、能够得到别人的重视，希望周围的人喜欢你，就记住并遵守这条法则：你希望别人怎样对待你，就应该先怎样去对待别人。

最重要的人生决断

如果你刚刚从学校毕业，还没有找到合适的工作，那么，你人生中最重要的决定正等待着你。它不但将决定和改变你的一生，而且对你未来一生中的幸福、健康、成就都将产生深远的影响。这个决定能够成就你的一生，使你登上成功之巅；也可以毁掉你的一生，使你一生都笼罩在失败颓丧的阴影之下。

这个决定是什么呢？其实很简单，就是你要用什么样的方式来谋生。你是要做一个农民，还是林场的管理员、公务员、兽医，抑或决定从摆一个水果摊开始做生意？

这样的时刻，大多数人都难以让自己冷静下来，选择适合自己的职业。大家往往是饥不择食一般地找到一份工作，就全身心地投入进去，结果造成很多人一生都生活在痛苦当中。这份工作自己不满意，为了养家糊口又不得不应付，结果难以取得成就。

问题的核心在于，我们一定要让自己冷静下来，找一份自己感兴趣的、自己喜欢的工作。因为，只有你喜欢的工作，你才会全身心地投入进去，用全部的热情去做好它，即使工作再苦再累，你也无怨无悔。

大发明家爱迪生是最典型的一个例子。这位没有上过几天学的报童，后来却成为全世界最伟大的发明家，促进了世界工业化的进程。工作后，几乎每一天，爱迪生都在实验室一丝不苟地工作18个小时，甚至连吃饭和睡觉都在实验室。但是，他从来不觉得自己的工作枯燥乏味而辛苦，他说："我无比热爱自己的工作，我最大的快乐就是待在实验室里，我最感兴趣的就是新奇的实验，我为自己没有虚度一分时光而欣慰。"

美国波音飞机公司的总裁菲尔也是如此。最初，菲尔的父亲开了一家洗衣店。经过父亲多年的打理，洗衣店在当地有了一些声誉，父亲就想着让菲尔继承自己的生意，把洗衣店做得更好。但是，菲尔非常讨厌洗衣店里的工作，他只能勉强应付着父亲交代的事情。这让他的父亲非常苦恼，常常抱怨自己养了一个不争气的儿子。

后来，在菲尔26岁的时候，他对于眼下的工作实在忍无可忍了，决绝地对父亲说，自己决定到一家机械厂做一名机械工人，而且已经面试过了，机械厂同意录取他。

这让父亲非常惊讶：儿子竟然放弃自己当老板，去工厂做一名普通的工人，一切从头开始。他怎么也不同意。可是，儿子去意已决。他告诉父亲自己的决定之后，就简单交代了一下手头的工作，穿上一身工作服，去机械厂上班了。

菲尔对于机械非常感兴趣，一点儿不觉得工厂的工作辛苦，他一边工作、一边琢磨着各种机械的原理，工作之余又饶有兴趣地选修了工程学和机械学课程，研究引擎和装置机械。巨大的热情和爱好，让菲尔在机械研究方面的知识和技术突飞猛进。几年之后，菲尔已经是机械厂的工程师了。

1944年，菲尔去世之前，已经是美国波音公司的总裁了。他曾经研制出"空中堡垒"轰炸机，为盟军在第二次世界大战中赢得胜利立下汗马功劳，受到罗斯福总统的嘉奖。

我们可以想象，如果菲尔当年听从父亲的安排，继续留在洗衣店打理生意，那么他最终的结局只有两个：要么关掉洗衣店，要么继续当那个小小洗衣店的店主。他不喜欢那份工作，没有兴趣和热情，是不会做好做大的。

对于我们每一个人来说，都不要勉强自己去从事一份自己不感兴趣的工作，不要贸然踏进一个自己不喜欢的行业，一切都要以我们的兴趣和热爱为前提，只有这样，我们才能有人生的快乐和成功。

人生最重要的，是有诗和远方。我们不要被一些所谓的财富困住自己的手脚，更不能年纪轻轻就成为一所房子的奴隶。

人生有诗和远方

谈优雅

一个人的财富、职位甚至长相都可以通过化装进行隐藏，但是，优雅是装不来的，因为优雅是一个人文化水准的外在表现，是一个人内心修养的外在自然流露。

在我们的生活中，有的人随着职位的升迁、财富的增多，就想着做绅士，却往往让人感觉是在刻意地模仿和伪装，是很不得体的附庸风雅，甚至是令人作呕的矫揉造作。其实原因很简单，这些人并没有真正理解优雅的内涵，以为自己能够像那些优雅的人一样举手投足就是优雅了。

优雅是一个人的综合素养，是一个人的文化积淀、真诚美德、善良品质、朴素作风的综合体。一个优雅的人，首先是一个有教养的人。有了教养，而后才能谈得上修养；有了丰厚的修养，才能够谈得上优雅。

在哈佛大学享有极高声誉的资深教授罗曼先生即将离任。在做最后一次告别演讲的时候，他为了表达自己对学校的尊敬，把自己的车停到校门外面，步行一千多米走到学校大礼堂的讲坛。大家注视着教授一步一步的身影，感受到了什么叫一名学者的优雅。

一个长相不漂亮的人，依然可以做到优雅。美国的第66任国务卿赖斯，是美国政府中有史以来职位最高的黑人妇女。她一口龅牙，嘴巴很大，但是，她依靠自己高深的文化修养完全弥补了先天的不足，朝气蓬勃，干练能干，充满智慧，在全球各种政治力量之间纵横捭阖，所到之处，没有人再想到她外表的丑陋，所有的人都为她钢铁般的意志和优雅的举止而倾倒。

每一个人都可以优雅。政治家和文化人有属于他们的优雅，普通人也有普通人的优雅。就餐时的细嚼慢咽，上车时的排队等待，公交车上的起身让座，医院里的轻声细语，生活中的尊老爱幼等，都是一个人优雅举止的表现形式，这些细小的行为，构成了所有普通人的优雅。

（本文选入2013年江苏省泰州市海陵区中考适应性考试九年级语文试卷）

当灾难来临

几年前发生在韩国海域的游船倾覆海难，夺去了几百个孩子的生命。在人们为海难的发生震惊的同时，船长率先逃生的事实让人们更为震惊！几百年以来，关于海难，一直有一项约定俗成的原则：海难发生之时，船长一定是最后一个逃生的人。可是，这个船长却违背了这项原则，他没有积极指挥救援，而是置船上几百个孩子和游客的生死于不顾，自己带领着一些船员率先登上了前来救援的船只！

他被韩国警方逮捕了，也许要用以后的囚徒生涯为自己的行为负责。但是，即使如此，他依然不能被人们原谅。

公元79年的一天，意大利繁华的古城庞贝附近的维苏威火山突然爆发，整个城市一夜之间变成了一片废墟。当火山爆发时，包括市长、法官、警察等在内的所有的人都在仓皇逃命、四处逃窜，整个城市陷入一片混乱。但是，人们发现市政府门前站岗的士兵依然笔挺地站立在岗位上。大家喊他快逃，但是他纹丝不动，依然坚守着自己的岗位。

一段时间以后，当火山的熔岩停止了喷发，逃出去的人们返回废墟的时候，人们被眼前的景象惊呆了：那位站岗的士兵，此时依然笔挺地站立在他的岗位上。但是，他因为吸入过量火山灰中的硫化气体，已经窒息死亡，他的身体也已经成为一尊街头的雕塑。

人们在为这个年轻士兵的丧生惋惜的同时，更为他兢兢业业、鞠躬尽瘁、死而后已的职业精神而钦佩。现在，我们依然能够在那不勒斯的博物馆中看到他曾经使用过的头盔、长矛和盾牌。意大利人把这个士兵作为坚守职责的楷模，永远地保存在了民族的记忆之中。

还有一个在世界范围内流传很广的关于坚守职责的故事。1852年2月27日，航行在远离非洲海岸的航道上的英国伯克哈德号游船不幸触上了暗礁。在游船缓缓下沉的不长时间内，包括船长在内的所有船员，没有一个人选择逃生。他们都在忙着疏导游客到救生艇上。当把最后一名游客送上救生艇以后，游船下沉了，包括船长在内的全体船员全部牺牲，而游客全部获救。

庞贝古城的士兵和英国伯克哈德号游船的全体船员，为人类树立了坚守职责的两个经典范例。他们的行为告诉人们：坚守职责比生命更加重要。但是，他们的行为同样给人类留下了一个重要的课题：他们坚守职责的基础是什么呢？他们为什么能够为了职责而放弃生命？

答案并不神秘，是因为他们的良知和操守。当灾难来临，良知驱使着他们抵制住生的欲望。同时，良知赋予他们无上的自制力，使他们在生死面前能够摆脱自己的情绪。这是一种心灵潜能，只有当它在一个人的心灵中迸发出巨大的力量时，人的责任感才会产生。

良知是一个人人格品行的本质。一个人如果没有良知，也就意味着没有人生的准则，就会为所欲为，做自己想做的任何事情，甚至放浪形骸、贪赃枉法，就自然而然地成为生命低级冲动的奴仆。

这不是空洞的说教，它存在于我们身边的任何一个细节中，存在于每一个普通的岗位上。

（本文选入2014年山东省济宁市嘉祥四中中考模拟语文试卷）

消失的原色

我住的小区里，最初只有一家卖馒头的，他是瘦高个李老头。他的馒头是好吃不好看，就像他这个人，颜色黑而且个头不饱满，只是斤两不少。后来，又来了两家，卖的馒头截然不同：颜色洁白，个头胖硕，整个形体光亮丰美。

李老头的生意自然就被人家压下去了。一到近午的时间，三家的馒头筐一字儿摆在小区中心的小集市上，人家的馒头都卖完了，李老头的还有一半摆在那里。许多开饭晚的来买，见那两家的没有了，才无可奈何地走到他的面前买。李老头总是一句话："吃吃吧，这馒头没掺啥，没害处，筋道。"

一个偶然的机会让我了解了李老头。一天，我去买馒头，李老头见我走过来，很不好意思地递一封信给我，让我念给他听。他不识字，这是他老家来的信。而且信中说，要他回一封信，说说这里生意的情形。念完信，我问他："你怎么回信呢？"他苦笑着摇了摇头。

我笑了，说："等你做完生意，我到你那里，你说，我代你写。""那好，那好，那就谢谢了。"他万分感激地点头说。

我知道他住的地方，是这个小区初建时的一排工棚房。小区建好了，工棚没有拆，就租给了那些做生意的人。李老头租了三间，一间做蒸房，一间做仓库，一间自住。

李老头住的那间房八九平方米，他和一个帮手住在这里。写好信，我很不解地问他：“为什么你的馒头不如人家的好看呢？是不是你的技术不如人家？”

李老头沉默了好一会儿，反问我：“你自家买了面粉在家里蒸出来的馒头是啥样的？是我这样的还是人家那样的？”

这真的提醒了我。对呀，自己家里蒸出来的馒头就像李老头的馒头，粗糙而且小，也不光亮。

“我蒸了十几年馒头，从来都是这样蒸，增白剂啥的我不加，对人没好处。”李老头坚定地自言自语。

我终于明白，另外两家与李老头所蒸馒头的区别，在于是否加了增白剂，而不在于技术。我知道了这个秘密，再买馒头时都买李老头的，而且把这个秘密告诉给同楼住的许多人。但是，知道这个秘密的人总是极少数，人们买馒头时还是看谁的个头大、洁白、丰美就买谁的，李老头的生意越来越差。另外两家的馒头筐由小的变成了大的，又由一个变成了两个，眼见生意是红火起来了。李老头的馒头筐则由大的变成了小的，最后，小的还总要剩下一些卖不完。

但是，李老头的馒头没有变，还是那种没有加增白剂的原色馒头。

后来，李老头的馒头已经卖得很少了，眼看就被另外两家彻底挤垮了。一天，我在买他的馒头时，特意多买了两倍。买完以后，我告诉他：“你也学人家吧，不然生意做不下去了。”他以很感激的眼神看我说：“不，我不做坑人的事。明天，我们就回老家了。”次日，李老头连同他原色的、丑陋的馒头，从我住的小区里消失了。

请你把脚步放轻些

一个人要赢得人们的尊敬，绝不是靠权威、靠装潢、靠强迫就能得到的。靠强迫得来的尊敬不叫尊敬，那是畏惧。畏惧只能存在一时，不会长久。让世人永远尊敬的，只有伟大的建树和人格的魅力。

在北京大学百年校庆的时候，从全世界各地来了许多在各自领域都已经卓有建树的北大校友。一天中午，他们中的一部分人相约一起去看望他们的师长——著名的“北大三老”季羡林先生、张中行先生、金克木先生。三老的住所地处北大一隅，距离大家的聚会地有一段路程。开始的时候，大家还是有说有笑的。要去看望多年未见的师长了，师长们还健朗吗？但当他们接近师长们的住所时，所有这些都已在各自领域蜚声中外的学者，都不由自主地放轻了脚步、停止了谈笑。他们相互交换着眼神：师长们是否正在午睡？我们不要惊扰了师长的午睡啊。他们选派了一个人先去敲门，探听消息，其余的校友们则在较远的地方屏息静气地等待着。去的人回来了：“师长们知道学生们要来，正等待着呢。”校友们立刻孩子般地蜂拥进师长们的住所里，师长们的家里立刻像当年他们在校求学时一样热闹起来。

在距莫斯科不远的图拉附近，有一个庄园叫亚斯纳亚。在庄园里一条不起眼的土路旁边，有一个稍稍隆出地面的小丘。这个小丘周围除了茂密的参天大树，没有其他任何明显的标志，只在不远的地方插着一块很普通的小木牌。小木牌上刻着两行字：请你把脚步放轻些，不要惊扰正在长眠的托尔斯泰。

就是这样一块极普通的小木牌，就是这样一个普通得不能再普通的小土丘，每一天都吸引着仰慕这位大文豪的人来到这里，静静地站在土丘前，献上一束野花，表达自己由衷的崇敬之情。所有来到这里的人，都轻轻地从小土丘前走过，仿佛真的担心惊醒了沉睡中的托尔斯泰。

奥地利文学家茨威格在旅俄期间去拜访托尔斯泰的墓地，为这样一位文学大师竟有这样一座普通的坟墓而震惊，写出了那篇著名的文章《世间最美的坟墓》，对朴素的墓地下同样朴素的灵魂发出由衷的赞美。

黑格尔同样是世界文化领域顶天立地的人物，但他的墓地同样普通。在德国柏林的一片极不起眼的公墓里，在杂乱拥挤的一座座坟墓中间，静静地躺着伟大的黑格尔和他的夫人。他的坟墓是18号，只是众多坟墓中的普通一座，与它周围那些不计其数的平民坟墓没有任何区别。

每一天来拜访黑格尔墓地的人都很多，大家都费了很多周折才找到，但当站在这座普通的墓前，每一个人的精神和灵魂无疑都经历了一次洗礼和升华。

对于一个伟大的灵魂来说，树碑立传等用以传扬后世的方式都是多余的。不论存在的形式多么普通和简易，都丝毫无损于他的伟大和光辉。

培养自己的浩然之气

“佛争一炷香，人争一口气”，这里要争的这个“气”，指的是人在世上要有骨气。在生活当中，凡事不能够没有原则地忍气吞声、委曲求全。一个人一旦没有了骨气，也就没有了原则，没有了刚性，更没有了尊严。但是，如果缺乏一定的修养，对自己没有公正的认识，骨气很容易变成傲气，身上会滋生出盛气凌人、骄傲自大、自以为是、唯我独尊、目中无人等危险的品质，这样就使自己变成了一个人人避而远之的自大狂。

徐悲鸿曾经说“人不可有傲气，但不可无傲骨”，说的就是这个道理。豪气与傲气就截然不同了。我们在评价一个人仗义爽快的时候，经常说这个人“豪气干云”。这里的豪气，就是那种“舍得一身剐，敢把皇帝拉下马”的丈夫气概。有了这种豪气，才会生出舍我其谁、义薄云天的大气魄。

志气对于一个人来说就更加重要了。一个没有志气的人是成就不了什么大事的。志气是人生命当中最基本的素养，是人生理想的基本前提，是大丈夫立于天地之间的底气。中国人常常说的一句话是“人穷志不短”，意思就是：不论你贫穷到什么程度，你都不可以丧失志气。贫穷不可怕，可怕的是丧失了志气。只要志气在，一切都可能有转机。

在我们今天的生活中，周身透露着侠气的人已经很少了，我们更多的是从历史画卷中，从春秋战国时期那些慷慨悲歌的故事中，从回荡在燕赵大地上许许多多的悲壮故事中，获得侠气的概念的。侠气是一种十分可贵的高尚品格，因为侠气突出的是牺牲自己的利益甚至生命去成全他人。正因为这样，千百年来，侠气一直是被尊崇的人生品德。一个人不当侠气之士无可厚非，但是身上应该有一点侠气，这种侠气会让你散发出一种夺目的光彩。

义气与侠气有显著的不同。侠气更多的是甘为他人的付出，义气则是一种对约定的承诺。我们通常说的义气，一般是指朋友之间。为朋友两肋插刀，那是因为你们是朋友，就像兄弟，就应该在朋友遇到危难时出手相助，这是我们民族的道德规范。违背了这个规范，就会受到社会的谴责和朋友的诟病。

勇气则是人生必不可少的。不论你要做什么事情，没有勇气当头都是不行的。勇气是敢于冒险，但更是一种大无畏的气概，是一种对自我能量的自信。勇气是你事业的发端，更是你成大事的先声。有了这个先声，你才会有浩荡的远大前程。

正气就无须多言了。一个人有一身正气，才会受人敬仰和尊敬。正气是社会的准则，是大家必须遵守的规范。不论身在什么行业，也不论职位高低，你只有一身正气，才会受到尊敬。相反，不论你有多高的职位或多大的财富，如果身上都是歪风邪气，也会为人所不齿。

骄气是一种更要不得的禀性。一个人身上如果有了骄气，就是危险的开始，因为骄气预示着自满，也就预示着对自我的过分肯定，这往往是一个人走下坡路的发端。我们常常说“谦虚使人进步，骄傲使人落后”，这个骄傲，就是指人身上的骄气。所有这些气质，都是我们身上潜伏的素质，了解和分辨这些气质，让身上少一些傲气、邪气，多一些浩然之气，我们的人生就会充满风骨和色彩。

每个人都是独一无二的自己

《世说新语》中有一个故事：东晋名士殷浩与桓温齐名，桓温常有竞心，每每要与殷浩比较高下，殷浩曰：“我与我周旋久，宁作我。”

这是什么意思呢？

桓温与殷浩自幼就是好友，但是两人互不服气，成人以后各有建树。桓温战功赫赫，升任到大将军，而相比之下，以清谈家知名的殷浩就差了不少。桓温是强悍的实权派，靠武力建业；而殷浩是颇有名士风度的清谈一流，言辞过人，属于文人从政。但是，时人都把两人比作管仲、诸葛亮。桓温总想压倒殷浩，后趁着殷浩北伐失败的契机，上书将他贬为庶人。桓温甚为得意，就问殷浩：“现在与我相比，你不行了吧？来学习我，努力向我看齐，做我这样的人吧。”

殷浩听了桓温的话之后，平心静气地说：“我和我自己来往已经很久了，我还是宁可做我自己。”

汪曾祺先生很欣赏这句话，晚年的时候说：“我与我周旋久，宁作我。我与我比，我第一。”

汪曾祺先生在一篇文章中对此的论述更加精彩：杜甫不能为李白的飘逸，李白也不能为杜甫的沉郁。苏东坡的词宜关西大汉执铁绰板唱“大江东去”，柳耆卿的词宜十三四女郎持红牙板唱“今宵酒醒何处，杨柳岸晓风残月”。

“我与我周旋久，宁作我”，这样振聋发聩的文字，足以让任何一个思考者凭栏沉思。我们有多少人在做自己喜欢的事？有谁能够沿着自己认定的路一直走？有谁能够不羡慕他人，不仰人鼻息，不刻意模仿别人？

谁都有优势和长处。你羡慕他人，按照他人的路走，就是放弃了自己的长板。

我想，古希腊的哲学家苏格拉底那句著名的发问“我是谁”，也一定是在做这样的思考。

在我们的世界上，每一片树叶都不相同，每个人都是独特的自己。珍惜自己，把自己做好了，我们就一定会成为世界上的“独一无二”。

季节的叩问

每当面对季节的时候，我都会产生一种无言的感动。季节时刻都在慷慨地赐予我们最宝贵的风景，春天的绚烂、夏天的繁荣、秋天的果实、冬天的澄净，都在我们生命的旅途中列队而过。每一个人的机会都是相同的，一如每天照耀我们的阳光。

很年轻的时候，我就读到了歌德的一段话，并始终将其作为对自己的警醒："人的一世，不就是为了化短暂的事物为永久的吗？要做到这一步，就须懂得如何珍视这短暂和永久。"当时，读这段话，让我怦然心动。是啊，我要让自己的人生化为不朽的永恒，就必须珍惜眼前的一切：每一秒的时间，每一个稍纵即逝的机会，每一个遇见的人，每一件小事，每一段领悟。我知道，这每一份珍惜，尽管都是生命长河中一个普通的浪花，但是它将和其他珍惜一起组成我人生壮丽的大厦。

智利大诗人聂鲁达说过："一个诗人，如果他不是一个现实主义者，就是一个死的诗人。一个诗人，如果他仅仅是一个现实主义者，也是一个死的诗人。"说得太好了！我们首先都是一个普通的生命，我们都真实地生活在现实世界里，任何人都不可能脱离人间烟火。不同的是，诗人和艺术家还站在自己创造的灯塔上，仰望星空，眺望深邃的苍穹。

有人问我，为什么别人的人生壮丽而辉煌，而自己却默默无闻？我说：“这一点也不奇怪，你要扪心自问：在你年轻的时光里，你前进的脚步是否每一次都踩响了青春的音符？你是否在荒芜的土地上播下了自己的种子？如果没有，你怎么可能谱下浑厚的乐章，怎么可能收获丰收的果实！”

生活不会亏待任何一个努力的人。付出了之后，收获你的那一份成果，是当然的。没有付出辛苦，总想天上掉馅饼，自然是痴人说梦。

日本画家东山魁夷说过一句话：“在与无声的风景的对话中，默默地认准自己的路，同时，要有一颗不露于外的深邃的心。”与风景对话，认准自己的路，有多少人做到了呢？做到了这两点，再有一颗深邃的心，你必然就是一个生动而不凡的人了。

春天是我们的憧憬开始的季节，谁忽视了春天，谁没有在春天里许下庄严的承诺，谁不肯在春天里耕耘播种，谁就不会有秋天收获的喜悦，谁也就会失去整个人生。

哲学家的悔悟

人生当中，没有我们梦寐以求的恰好与完美。我们在生活中遇到的，更多的是不尽人意。一切都是相对的，都取决于我们主观的看法。正如诗人耶勒鲁普的诗句：“好比两人夜行，一人只见到泥淖，一人则见满天星光。”如果你一定要按照自己的标准追求人生的完美，那你一定会空手而归。

意大利有一位知名的哲学家，当时有很多优秀的女性被他周身散发着的文人气质和优雅风度所打动，通过各种方式向他表达自己愿意与他相伴终生的心意。甚至，有一个市长的独生女儿，漂亮文雅，家资殷富，文学修养也很高，多次主动约会他，勇敢地向他表白心迹，但是也被他拒绝了。他说，他很欣赏她的容貌和文雅，但是不能容忍她身上作为市长女儿的娇气，他要等待那个完美无瑕的女子出现。

很多优秀的女子在哲学家那里碰壁之后，有一天，一个女子来到他的家里，对他深情地说：“我想嫁给你，你娶我吧，不要再坚持你顽固的偏见。错过我，你将再也找不到比我更适合你的女人了。”哲学家对她进行了一番了解之后，虽然也很中意她，但仍回答说：“你先回去吧，我考虑考虑再联系你。”

女子走了以后，哲学家一个人在家想了很久，他用自己一贯研究学问的严谨精神，将结婚的优势、劣势和不结婚的好、坏分别列出来，希望运用科学运算的方法来作出判断。后来，他发现好坏处于一种均等的状态后，就不知道该如何抉择了。于是，他陷入长期的苦恼之中，无论又找出什么新的理由，都只是徒增选择的困难。最后，他得出一个结论：人在面临抉择而无法取舍的时候，应该选择自己尚未经历过的那一个。不结婚的处境自己是清楚的，但结婚后是怎样的情况还不知道，所以应该答应那个女子的要求。

想通了以后，距离那位女子来求婚的时间已经过去了7年之久。哲学家精心修饰了一番之后，来到女子的家中。出门迎接他的是女子的父亲。哲学家对女子的父亲说：“您的女儿在哪儿？请您告诉她，我想明白了，我决定不再犹豫了，要娶她为妻。”

女子的父亲看着哲学家，很惊讶地回答：“你怎么到现在才来？我女儿在6年前就接受了一个商人的求婚，现在已经是4个孩子的妈妈了，她现在居住在米兰，生活很幸福。”

哲学家听后，整个人几乎崩溃了：自己竟然被一个简单的选择折磨了这么久！自己果然如那女子所说，错过了最适合的女人，因为自己的偏见和固执而丢失了幸福。事到如今，那些哲学理论对自己还有什么意义呢？

而后两年，哲学家抑郁成疾，一病不起，此时他的身边空无一人。临死前，他将自己所有的著作丢入火堆，化为灰烬。

最后，人们看到他的遗言上只有一句话：如果将人生一分为二，前半段的人生哲学是“不犹豫”，后半段的人生哲学是“不后悔”。哲学家终于意识到：如果自己当时没有追求完美的教条和古板，没有那么多的绝对，如果自己具有当机立断的决心，具有一分为二看人生的相对哲学，那么自己就不会有如此悲惨的命运。

人生有诗和远方

一家电台请我去做他们一个心理热线的嘉宾，短短两个小时，接了几十个电话，有毕业之后难以就业的烦恼，有朋友离别的伤感，有失去亲人的痛苦，有年轻人失恋的忧愁，有游子对故乡家园的怀念，有与同事不和的烦恼，等等。但是，讨论最多的问题还是几乎让所有中国人都牵肠挂肚的房子。有很多人问：“难道除了房子，我们就没有其他的出路了吗？我们一定要在自己年轻的人生路途上背上这样一座大山吗？”

特别是从农村走出来的青年，刚刚到城市发展，面对这个大山一样的问题，实在是不知所措。为了供养自己读书，农民父母已经穷尽了他们的全部能量，自己长大了，怎么再忍心向父母张口？况且，即使张口，他们也没有能力了。可是，没有房子，结婚就是又一座难以逾越的大山。

我一一回答着听众的问题。我说，人生之路是几十年的遥远征程，房子只是一个休息睡觉的地方。我们从一出生起，每天有一项必须完成的任务，就是睡觉，我们哪一天也没有因为睡觉而耽误人生的行程。我们的父母再贫穷，也没有让我们睡在荒野里。经过自己的艰苦奋斗，到了城市里，为什么反而为了一个睡觉的地方而焦头烂额？难道我们十年寒窗，就是为了到城市里找一个睡觉的地方吗？

人生最重要的，是有诗和远方。我们不要被一些所谓的财富困住自己的手脚，更不能年纪轻轻就成为房子的奴隶。

放下眼前的那些烦恼，我们会发现，生活的味道是多种多样的，世界的法则就是种瓜得瓜、种豆得豆，这就是生活的丰富多彩。

有一句话说，没有离开过故乡的人，永远不知道故乡的美丽。假如我们没有经历过在他乡饱受冷遇的凄凉，没有过在异乡孤立无助的窘迫，又怎么能够体会出故乡的亲切和温暖，怎么能够了解故乡的博大和宽容？看看唐朝诗人贺知章的《回乡偶书》：少小离家老大回，乡音无改鬓毛衰。儿童相见不相识，笑问客从何处来。诗人离家五十多年之后回到故乡，人生易老，世事沧桑的种种感慨涌上心头，诗人诗兴大发，使这首只有四句的短诗成为千古绝唱。假如没有漂泊异乡的经历，没有身为游子的境遇，怎么能有这样伟大的诗篇？

安逸的生活只会扼杀一个人的意志和才情。有资料说，美国和欧洲拥有独立住房的人口不到40%，大多数的家庭都在租房，大多数的家庭都把财力用在培养孩子和旅游上。他们认为，作为父母，最重要的，是让孩子尽可能地掌握知识和技能，是让孩子尽快地了解世界的丰富多彩。

房子不是人生中最重要的任务。一个志存高远的人，有更重要的事情要做。无论房子是大是小，无论房子是高档还是低档，房子都只是一个休息的地方。真正的安全感，不在于一套房子，而在于你在你的领域能够达到的高度。

幸福指数

现在大家都在谈论幸福。有人说“幸福是一种感觉”，这话说得很偏颇，有很大的漏洞和缺陷。如果上无片瓦之物，下无立锥之地，身无分文、衣不遮体、穷困潦倒，不论你怎么感觉，你也不会感受到幸福的。如果不论处在何种境遇，都可以依靠感觉感受到幸福，那大家就都没有必要寒窗苦读，没有必要埋头苦干，也没有必要艰苦奋斗了。

一定的物质条件是幸福的基本前提，但幸福程度却不是同物质条件成正比的。你也许是亿万富翁，但是你未必比一个工薪族更幸福；你也许权倾一方，但是一个普通平民拥有的幸福也许并不比你少；你每天出入于高楼广厦，但是一个住在普通平房小院里的人也许拥有比你更大的幸福。

幸福并不是由单一的因素决定的，幸福指数乃是一个综合指数。大家生活在一个城市里，你虽然拥有名车，但是街道拥挤、市民不遵守交通规则、公路坎坷不平，你拥有名车的优越感就消失殆尽了；你虽然拥有豪宅，但是物业管理质量很差，盗贼肆无忌惮，你没有任何的安全感，哪里还有豪宅带来的高质量的幸福生活？

幸福更需要高贵的情感。德国诗人歌德曾经这样说：“谁是最幸福的人？乃是能够感受他人的功绩、视他人之乐如自己之乐的人。”看到他人的苦难，你能够顿生悲悯和同情吗？看到他人的快乐和成功，你能够发自内心地赞美与祝贺吗？面对同事仕途的进步、同学事业的发达、同乡家庭的美满，你是否从内心深处充满由衷的喜悦？

美满的家庭是幸福的载体和港湾。不论社会多么进步和发达，也不论国家多么繁荣昌盛，更不论城市多么和谐与文明，如果自己没有一个完整而美满的家庭，你的幸福依然无从谈起。很多时候，我坐在自己的书房里读书和写作，从书房通往客厅的门缝里，看到年迈的母亲和她的孙子津津有味地看着电视节目，看到妻子腰里系着围裙在客厅与厨房之间走来走去的身影，我总是充满无边的幸福和感动。一个人，还有什么比上有老母可以孝顺，下有儿子可以抚养，有一个贤惠的妻子料理着家庭的生活，更幸福、更美满？

幸福还是一种宽广的怀抱与胸襟。来自非洲的大旱让我们伸出援助之手。有国家发生了地震、海啸，我们慷慨解囊，全力相助。不论我们的能力如何，我们都应该拥有这样的胸襟，因为，这正是我们的气度和品位的体现。

如果我们社会中的每一个人，都能够用这些因素来检视自己的人生，毫无疑问，我们就是生活在幸福社会中的幸福的人了。

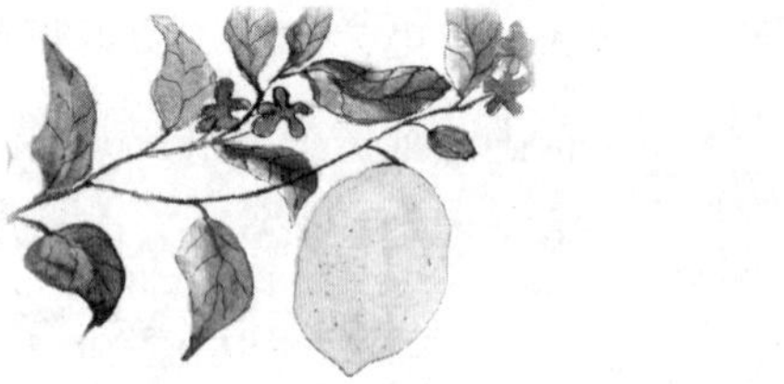

做好自己

中国科学院上海微系统与信息技术研究所研究员李爱珍，2004年获得第三世界科学院工程科学奖，成为我国获得该奖项的第一人。2011年5月1日，美国国家科学院宣布，本年度新增选的72名院士和18名外籍院士中增加了李爱珍院士，李爱珍又成为第一位获得美国国家科学院外籍院士荣誉头衔的中国女科学家。

面对别人的热烈祝贺，她只淡淡地说了一句："我清楚我这辈子只做了一件事：做好我自己。无论当不当院士，无论顺境逆境，我都是追求做好自己。即使现在当了美国科学院院士，我还是我。"

美国国家科学院遴选外籍院士不接受个人申请，而是由院士、31个学科组、6个学部、科学院主席团在全世界科学家中进行挑选，经过层层讨论、全体投票才决定增选人选，整个过程保密，其严密的选举程序使得任何个人、任何小集体都无法影响和干预选举。

"您做了这么多出色的工作，没评上中国的院士，不难过吗？"在前些年，李爱珍没有获得这一荣誉时，有记者这样问过她。面对记者的提问，李爱珍很郑重地说："我总是记得人家给了我什么，却不记得人家没给我什么，我做好自己就足够了。"

李爱珍院士的人生观，恰恰是中国儒家学说的经典内涵。儒家说，人要做到“仁义礼智信，温良恭俭让”，其实就是要每一个人从自身做起，做最好的自己，实现自我价值的最大化。

曾子曾经说：“吾日三省吾身：为人谋而不忠乎？与朋友交而不信乎？传不习乎？”就是说自己每天从几个方面检视自己的行为，检视自己是否把自己应该做的事情做好了。

其实，对于一个普通人来说，治国、平天下太过遥远了，我们就努力做好自己应该做的事情。做最好的自己，就是：做学生，就做一个刻苦好学、积极上进、学业优异的学生；做部下，就做一个业务精干、忠于职守、兢兢业业的部下；做父亲，就做一个严厉而称职的父亲；做工人，就做好工；做农民，就种好地。

西方有一本《老人》杂志，曾经在世界范围内对一万名70岁以上的老人做过这样一个调查，题目是《你一生最后悔的事情是什么》。调查涉及23个不同国家和地区，有欧洲发达国家，有非洲落后国家，也有一些发展中国家，但是结果大致相同：79%的老人填的结果是“由于年轻时不努力而丧失成功机会，造成一事无成”。

这个结果表明这样一个事实：世界上79%的人不成功，都是因为没有做好自己应该做的事情，从而与机会擦肩而过，也因而与成功无缘。

生而为人，我们应该珍惜天地赋予我们的健康体魄，努力过好自己的每一天，不浪费一个机会，不荒废一分时光，最大限度地实现自我价值，这样等我们自己也到老年的时候，我们就一定不是79%中的一个了。

我们都有一张人生的请帖

常常有人这样问我："你一直都在辛勤地写作，这是多么艰苦劳累的工作，可是我们却发现，你总是那么乐观，总是像做着一件很快乐、很有兴趣的事情，这是为什么呢？"

我说："你们的看法是不对的，我从来没有感觉自己的工作是一件辛苦的事情，我热爱写作。我总认为，我从事写作的事业，是生活给我发的一张人生的请帖；我生来世间，就是为了去赶赴文学的盛宴的。所以，我总是心潮澎湃地走在赶赴一场盛宴的路上，对于那个目的地充满幸福的向往和满心的欢喜。"

不久以前，我去拜访我小学时代的一位老师，他现在已经70多岁了，老两口从村子里搬到了我们村子前面的一片旷野里居住。旷野当中有十几亩地是属于老师家的，他就动员儿子在土地上种植了杏树和梨树，周边种植了槐树和花椒树，还在中间盖了三间土坯房子。我看到老师把房子周围的土地分成很多小块，种植了十几种蔬菜，养殖了鸡鸭和羊狗。

我去的时候是上午，老师说什么也要留下我吃饭。他从菜园子里采摘了很多蔬菜，又杀了一只自己养的鸡。老师说，这些东西是原生态的，没有施化肥，没有喷洒农药，牲畜家禽都没有喂含药的饲料。

看着老师过着世外桃源一般的生活，我问老师有没有什么人生的烦恼。老师告诉我，他教了一辈子书，看着我们这些学生都很成功，自己时刻充满成就感，生活中即使有什么烦恼也早就忘掉了。

我说："老师，我时刻都认为自己生来就是要写作的，自己是领了上天发给我的写作请帖。那老师您呢？您认为您领了一张什么请帖呢？"

老师哈哈大笑，他说："我的请帖就是教书育人，就是来教育学生的。现在，我的学生都成功了，我不是正在享受生活的盛宴吗？"

我们师徒两人在果园里，在老师生活的那个世外桃源一般的地方，把酒言欢，说着开心的事情，心中充满无边的快乐和幸福。

有一个因失败而心灰意冷的女青年找到我，告诉我她就要告别这个世界了。我没有惊奇，也没有谴责，而是平心静气地问她："就没有其他的选择了吗？"她说："没有了，我的亲人和朋友都瞧不起我，我的周围都是蔑视的目光，我甚至觉得就连街旁的树都在对我横眉冷对。"

她就坐在我的书房里。窗外那片茂盛的白杨正在微风中沙沙作响。我面无表情地看着窗外。她也随着我的目光望着外面的风景。很久以后，我问她："你觉得这片树林是狰狞可恶的吗？你感觉这树叶的响声是充满敌意的吗？"她很疑惑地望着我，不解我的意思。我接着拿出一篇我刚刚写完的散文《窗外的风景》给她看。这篇散文写的正是我书房窗外这一片树林的景色。我问她："你难道没有同感吗？"她似乎若有所悟，说："同样的一片树林，为什么在你的笔下变得这么美丽，而我却感到它与别的树林没有什么两样呢？"

我对这个女青年说："同样的一片树林，之所以在我眼中是美丽的风景，在你的眼中却是一片普通的树林，因为我总是用美好的眼光去看它，而你的心中却没有美好。如果你也像我一样，把自己的人生看成手拿一张请帖，去赶赴一场盛宴，自己穿得光鲜靓丽，去那个繁花似锦的地方，你在沿途看到的一切都一定是美丽无边的风景。"

其实，我们每一个人的手里，都有一张这样的请帖，我们从一出生都接到了邀请——邀请我们去赶赴生活的盛宴。只不过不同的是，有的人把请帖忘在了出发的地方，所以迷失了人生的方向；有的人则时刻把请帖拿在手上。

笑得很乐

杨绛先生在她的散文里常用这句话："笑得很乐。"想想我们每一天，也会笑很多次，但是我们是否都像杨先生说的，每一次笑都是发自内心的快乐？

有人问赵州和尚："怎么才能得佛？"

和尚说："喝茶去！"

自然而然地去做喜欢的事，这不正是最深的禅意吗？

山川无语，却无时不昭示着宇宙的奥秘。自然界有胜利与失败吗？没有，只有更替与轮换。春天让位于夏天，夏天让位于秋天，秋天又让位于冬天。冬天之后呢？春天又回来了，重新开始一个新的轮回。

人不也是这样吗？谁会是永远的胜利者？谁又会永无出头之日？"十年河东，十年河西"，说的不都是这个道理吗？

我少年时代生活在乡村，村前方圆两公里是一片野地大洼，周边有三个很大的苹果园，村东是一片很大的枣树林。我们家族大，年龄接近的堂兄弟有十几个，每一天放学之后我们都会到这些林子里去，总感觉林子里面有很多未知的秘密。周末的时候，我们甚至在林子里待一天而不知归。现在想来，这些经历，对于我的创作的意义，不在于简单的对童年往事的回忆，而在于那时养成的对于未知神秘世界不断好奇探索的习惯。这种习惯，一直到今天，依然是我人生与事业的巨大动能。

世人都以为苏轼的才能全靠天赋，却不知其勤奋。苏轼晚年时曾对弟子王古说：“我每读一部经典，都是从头抄到尾。”

苏轼被贬官黄州时，朋友朱载上去看他。朱载上在客厅等了很久，苏轼才出来，他说：“我刚才在做每天的功课，没发觉你来了。”朱载上问：“每天的功课是什么？”苏轼说：“抄《汉书》。”朱载上惊问：“您还用得着抄书吗？”苏轼回答：“这是我第三次抄《汉书》了。开始一段事抄三个字，后来一段事抄两个字，现在一段事抄一个字。”朱载上说：“把您抄的书给我看看吧？”苏轼取出一册抄书给他。朱载上看不明白。苏轼说：“请您说一个字。”朱载上就随便挑了一个字，苏轼立马背出数百字，无一差错。

朱载上对儿子朱新仲说：“比我们优秀的人还比我们更努力，我们有什么资格不勤奋呢？”

诗人食指以一首《相信未来》享誉中外诗坛。他曾经说：“我不能想钱，我要是想钱，我的诗里就带出钱来了！”他的这句话，这些年以来始终在我的耳边飘荡。

一位青年朋友在微信里问：“老师，怎么才能像您一样把文学和书画做好？”我说：“确立目标之后就专心致志、心系一处、不畏人言、心如磐石，一头走到黑，再往黑处走！”

中国人常说“安身立命”，就是有个职业、成个家吗？不是，不能简单地这样去理解。“安身立命”是指与我们所处的世界和谐相处，红尘相安。

我们也常常听说“看破红尘”，也就是说看透我们所处的世界。可是，反过来呢？“被红尘看破”呢？这样一想，不免惊出一身冷汗：我们是否早就被世界看穿了呢？而我们却往往还在故作高深，自以为是？

生活里那许多小小的美好

现在，我的故乡一带时兴吃地锅菜，用木柴烧火，在大铁锅里炖鸡、炖鱼、炖鹅或者炖排骨，炖好以后往锅里放各种蔬菜，味道浓郁醇厚而别致，别有风味。

我也请人在乡下梅园的院子里建了一台地锅，自来风的灶台，灶台上贴了瓷砖。灶台就建在南瓜和葡萄架下面，阳光斑驳，树影婆娑，朋友来了，围锅而坐，热吃热喝，图个热闹的气氛，大家都很喜欢。

可是，问题也来了。我的梅园虽然建在乡下，可是我没有用来耕作的土地，也没有成材的树木可以砍伐，因而我没有乡亲们用来烧火的豆秸、玉米秆和木柴。因为乡亲们都有这些东西，故乡也就没有买卖这些东西的市场，我想买也没有地方可以去买。

建好地锅以后，乡亲们看到了我的难处。这一天，我的梅园里来了很多朋友，大家都想吃地锅菜，我们正在为烧柴犯难的时候，我的堂兄来印的媳妇用地排车送来了一车晒干的木柴，她说：“我估摸着你有那么多朋友来，要烧地锅。你哪里有木柴啊！”正说着，我的堂弟德华的媳妇也用三轮车送来了两编织袋烧柴，一袋子玉米芯，一袋子豆秸秆，都是地锅烧火上好的引火柴。

我的那些来自城市的朋友们被这种浓郁淳朴的关切所感动。我需要这些东西，但我并没有主动告诉她们，她们是看到我需要，主动送来的。

有了地锅用的烧柴，我们大家就忙活起来了。正在这个时候，大门外面传来收废品的吆喝声。我熟悉这个声音。我的梅园建好近两年以来，都是他来收废品。他是附近村庄里一位60多岁的老人，骑着一辆脚踏三轮车，走村串户收废品。我差不多一个月来梅园两次，每次来都会积攒一些易拉罐和各种食品的纸盒子包装及一些报纸杂志，我就统统给他留着。

看到大门敞着，他就进来了，手里拿着一只装废品的编织袋子。因为来过很多次，他很熟悉地走到我放废品的墙角就装起来。一会儿工夫装完了，装了满满一袋子，他走近我说："给你留点钱吧。"我说："不用了，没有多少钱，你收拾干净就可以了。"他对我说，也是对在场的我的朋友和乡亲们说："不管啥时来都这样说，一次也没有留过钱。要是都像你这样好心行善，我的生活也就不难了。"

他提着编织袋走出梅园大门的时候，大门外有一些我的乡亲们在闲聊。他像自言自语，也像在对他们说："好心行善的人，怎么能没有好报？"

我看到，我的朋友中几位文化界的女士眼睛里有了些许明亮的东西。她们在这个场景中，似乎寻找到了什么。其中一位自言自语地说："今天是多么美好的一天，我们的生活中有这么多小小的美好。"

说话的工夫，我的地锅沸腾了。锅里炖的是我们那一带百姓自己养殖的芦花鸡、百姓自己放养的大白鹅，还有村后河里逮的红尾鲤鱼。蔬菜全部是我的梅园院子里自己种植的——生菜、苦菊、香菜、芹菜、辣椒、菠菜、白菜，现吃现摘。酒当然也是少不了的，几个朋友都喝醉了。

傍晚，太阳落山的时候，朋友们要返回济南了，爱人按照朋友家庭的数量，给每个家庭准备了一只纸箱子，里面是相等数量的辣椒、白菜、香菜、冬瓜、南瓜、苦菊，这些全部是我梅园里的产品。

有一个朋友是梅园所在地的作家，他住了下来，想在晚上与我彻夜长谈。送走了朋友们，他对我说："这一天，我感觉自己完全被包围在一个个美好里，尽管这些美好是那么微不足道。可是，如果我们每一个人，每一天，都感知着这样的美好，我们的生活该是多么美好！"

我信然。我们的身边，这样小小的美好无处不在，只要我们有一颗美好的心灵。

不可限量

常常想到“嫉妒”“不可限量”这两个词。

在讲座中，不时会有青年朋友问：自己经常嫉妒那些杰出的人，这是不是一种不健康的品行？

我告诉青年朋友：不，恰恰相反，这是一种难得的优良品质。一个人产生嫉妒心理，说明他发现自己已经落后了，他的心里产生了痛苦的惊觉，他开始不能原谅自己的现状。而这就是一个有志者奋起的发端，一路前行，未来必不可限量！

可怕的是，见到那些杰出的人，连嫉妒的心理都没有，麻木不仁，那可就真是不可救药了。

“追求”这个词，一直是我生命中最重要的关键词。中年以后，渐渐明白，所谓追求，就是自己的内心深处，始终像游牧民族那样，渴望找到一片水草丰美的草原。现在，我发现，其实，这样的草原，我早已到达并拥有过多次，但是，自己依然还在寻找的路上，因为我内心总以为，脚下的草原还不是最美的，最美的草原在未来的某一个地方。这是欲壑难填吗？不是，正是因为有了未来的遥不可及，有了对眼前脚下的不满，我们才会保持追求的力量。

常常想到“永诀”这个词。永诀就是生离死别吗？不，那只是永诀的一种而已！

其实，我们每一天，都会有很多永诀：

每天清晨醒来，我们就与这个夜晚永诀了！下一个的夜晚，与昨夜已经完全不同，那个消逝的夜晚再也不会回来了！

每天傍晚，我们也都会与这个白天永诀；明天，已经是完全不同的另一个日子。

今天，你遇到了一个人生机遇，可是你却与机遇擦肩而过。那么，你就与一个成功的机遇永诀了！

很多事情，也许你以为可以放一放、拖一拖，等等再做。不，当你回头，你却发现，那个解决的最佳时机你已经错过。

我们每一天，都有很多这样的永诀。我们以为时光可以再来，我们以为错过还会重逢，我们以为放下还可以拾起，却不知，转身的一刹那，已经是人生的永诀！

现在，我总是有一种不寒而栗的担忧，因为，我每天都听到时间流逝的声音。

每天都要面对很多讲座邀请、来访，还有一些文人雅士的聚会，更多的是一些对文学与书画方面怀有热情的青年人，来找我探究他们认为的经验或秘诀。

这样的情形，近来我差不多都拒绝了。

我想，大家一定都希望读到我更多的文章、看到我更多的书画，那么，我就要有更多属于自己支配的空间和时间。而这样的时间，我还有多少呢？我已经人过中年，我每天都能听到时间匆匆流逝的声音！

至于经验或秘诀，我想告诉朋友们的是，如果有，就是自己甘于寂寞的勤奋与坚守，就是自己默默无闻的探索与追求，其他都是假话。

那么，就让我们在各自的家园里默默坚守吧！

奈何明月照沟渠

元代高明的《琵琶记》有一句著名的诗句——“我本将心向明月，奈何明月照沟渠。”世间有多少人生应了这句诗啊。

我有两个朋友的经历，用这句诗来解读是再贴切不过了。这两个朋友都是我在1992年认识的。那个时候，我们都刚刚从不同的地方来到济南。李是从济宁来的，是我的同乡，也是我的大学小师弟；柳是从菏泽来的，当时已经是小有名气的诗人。为什么到济南来？目的都是一样的：希望在一个更大的平台上施展才华，实现理想。

我记得很清楚，当时我们三个人相识以后，经常在山东剧院旁的一家小酒馆聚会畅谈，我们常常为自己的人生方向顺应时代潮流而激动不已。那个时候，他们两个都还写诗，李有一次在当时影响很大的《黄河诗报》上发表了一组诗作，还特意请我们喝酒。可是不久，我们三个的人生方向出现了变化，他们两人先后创办了自己的广告公司。两人的公司成立的时候，都请了很多当时济南文化界和新闻媒体界的名流，举行了盛大的宴会，我不但都在邀请之列，而且分别被聘为两个公司的艺术总监。我不知道艺术总监是做什么的，听起来头衔很高，就诚惶诚恐地说：“这个我恐怕做不了吧？”他们两位几乎是用同一种语气对我说：“就是让你常来喝茶喝酒的职位。”说实话，我真的十分高兴：在济南，我有两个好朋友做了老板，而且对我尊敬有加，争着给我一个没事来喝茶喝酒的职位。特别是性格豪爽的李师弟的说法更令我常常想入非非：“大哥，我们有了钱，做什么？买别墅，买名车，写好诗，到时候你有一份！”

他们的公司办起来以后，我分别去过几次。我想，朋友的公司办起来了，而且给了我职位，我总得常去看看，不能光等着到时候摘桃子吧。开始的时候还没有感觉出来什么，但是后来每一次去都很失落，原因是我发现，我们之间已经不是先前那种无拘无束的情景了。他们很忙，我看得出来他们陪我说话都是在挤时间，而且更重要的是，我发现我同他们在价值观念上已经有了很大的差别。我们的共同点越来越少了。

见面的尴尬，使我去得越来越少。我是一个知趣而爱面子的人，我感觉自己在人家那里已经是多余的，常去实在有蹭饭吃的嫌疑，后来干脆就不去了，联系也就渐渐地断了。

一晃几年过去了。关于他们的消息，开始几年我还能零星地从媒体上或者从朋友们的聊天中了解一些，后来就一无所知了。特别是这些年，我离开了原来供职的媒体单位，一直把自己关在书房里读书写作，也没有心思去打听。

可是，就在不久前，发生了一件事情，令我感到震惊。我的一个老乡的文化艺术发展公司招聘员工，非要让我去把关。我去负责面试，没有想到前来应聘的人中竟然有我的朋友——曾经风风火火办广告公司、请我做艺术总监的柳！

什么也不用说，他失败了，一脸的憔悴和失意。我立即留他吃饭，向他打听李师弟。不料，他竟然说：“他还不如我，他不敢再出现在这个城市里，他欠下了一大笔债务，逃跑了。”我说：“失败了，为什么你们不告诉我？”柳只是摇头苦笑，说：“今天是偶遇，如果不是这样，我不会主动见你。我失败了，没有脸再见老朋友了。”

我告诉柳，明天就来公司上班，我会详细向我的老乡兄弟介绍他的才华和经验，让老乡给他一个相符的职位，重新再来！

告别了柳，我立即到李师弟家里去。我觉得我必须立即去，李师弟现在应该最需要朋友。开门的是他的孩子，多年不见，已经认不出来了。我说出我的名字后，他说知道，他还说常听爸爸说起。我一时很感动：李师弟并没有忘记我这个朋友。李师弟的夫人正在忙着什么事情，见我来了，眼睛立刻红了，后来竟然失声痛哭。

平静下来以后，我问李师弟的情况。她说，每一天都有来讨债的人，不知道他去了哪里。我说："他为什么不告诉我他的情况，他可以到我家里去，我也可以推荐他到朋友的公司去。"她说："他最想见的人就是你，从书店里把你新出版的几本书都买来，时刻都带在身边看，还教育孩子要看你的书。可他说没有脸再见你，他失败了。"

见了一次面的柳再也没有露面，他没有听我的话到我的老乡的公司去上班。李师弟也没有按我交代他夫人的话来找我。我不知道他们的心里在想什么，但是我却无法拒绝自己的伤感。

"我本将心向明月，奈何明月照沟渠。"并不是每一个人都适合去赚钱，并不是每一个人都能去当老板。别人能做得风生水起、轰轰烈烈的事业，你去做也许就是一团乱麻了。人生最重要的，是要找到自己的位置，发现自己的优势，走对路。

明月无边，但是，明月之下却并不都是你的风景。

最重要的时刻

有一次与几个青年朋友在一起，青年朋友们充满疑惑地问我："你的事业发展到今天，你一定遇到过你生命中最重要的人，你也一定很好地把握了你生命中最重要的时刻。"

对于青年朋友们的疑问，我没有直接回答。我问他们："你们认为什么时候是我们生命中最重要的不可错过的时刻？谁是我们生命中最重要的不可错过的人？"

答案有很多，但是有一点几乎是相同的。青年朋友们肯定地告诉我，他们之所以还在困境中摸索，那是因为生命中最重要的人还没有出现，生命中最重要的时刻还没有莅临。

我给青年朋友们讲了一个古印度的故事。

古印度时代，有一个年轻的国王，他很小的时候就继承了王位，而且深受国民爱戴。但是，有一个问题却一直让他困惑着：在他继承王位的时候，老国王留下遗嘱，要求他珍惜最重要的人和最重要的时刻。

虽然年轻的国王富有四海，广受拥戴，但是，这个问题却一直困惑着他。他始终没有明白，自己最重要的人在哪里，自己最重要的时刻是什么时刻，老国王给他留下这个遗嘱的用意是什么。

有人告诉他，在大雪山的另一边，住着一位非常有智慧的老人，人世间所有的问题在他那里都能够找到答案。

国王出发了。为了能够得到真实的答案，他把自己装扮成一个砍柴的樵夫。经过两天的跋涉，他到达了智慧老人居住的地方。那是一个用枯树枝随意圈起来的院子，院子里有一所有两个房间的小木屋。

国王叩开了柴门。老人很热情地把他让到了小木屋里。国王迫不及待地向老人问出自己的问题。老人没有回答。老人对国王说："小伙子，我的土豆成熟了，帮我一起去收获土豆吧。"

国王认为这是老人对自己的考验，就去了。老人带他去收获了土豆，又一起去河边冲洗，然后又一起回到小木屋熬土豆粥喝。

这样每天重复着，眼看一周过去了，老人始终没有再提那个问题的事。国王忍耐不住了，他拿出了国王的玉玺，亮明了自己的身份，准备惩罚这个故意怠慢自己的老人。

可是，老人平静地说："年轻人，当你第一天来到的时候，我就已经告诉你答案了，只是你没有明白而已。"

国王万分疑惑，老人并没有说什么啊。

老人说："你冒昧地来找我，我并没有把你拒之门外，而是对你表示欢迎，让你与我一起劳动和生活，并让你住在我的家里。我是要提醒你顿悟这样的道理：你的王位和权威此刻都不存在，你的未来在此刻还没有来到，那么你最重要的时刻就是现在，最重要的人就是与你正在一起的我啊，因为正是我在和你分享并体验着生活的快乐。"

国王顿然大悟。是啊，一个人最重要的时刻就是当下，最重要的人就是眼前的人啊！如果你连眼前的人都不珍惜，连当下的时刻都不珍惜，又怎么能够把握未来呢？生命中最重要的，就是我们眼前正在发生的，就是我们正在经历的。我们最重要的任务，就是不要错过当下的时刻。如果能够领悟这些，那么，我们不就把握了自己的一生吗？

30岁的芝加哥大学校长

芝加哥大学是美国最负盛名的高等学府之一，在全美大学排名中，学术声誉排名第四，有81位校友曾获诺贝尔奖，其中包括华裔物理学家李政道、杨振宁、崔琦。

1929年，美国发生了一件轰动世界教育界的大事，美国各地的学者纷纷赶到芝加哥见证芝加哥大学历史上的这一轰动性事件。事件的原委是：一个名叫罗勃·豪金斯的年轻人，半工半读地从耶鲁大学毕业，当过撰稿人、伐木工人、家庭教师和卖成衣的售货员，现在被芝加哥大学董事会任命为芝加哥大学的第四任校长。

不仅仅教育界人士百思不得其解，社会各界都对这个决定提出了各种疑问。人们说罗勃·豪金斯太年轻了，经验不够，教育观念不成熟。甚至各大媒体也加入了批评的一方。大家说，这样一个轻率的决定，也许会毁掉享有世界声誉的芝加哥大学。

但是，学校董事会丝毫不为所动，依然坚持他们的任命。他们在任命书中这样阐述他们的理由：这是一个有着崭新教育理念的年轻人，他锐意进取的斗志、他求才若渴的观念、他对大学未来发展的构想打动了我们。

在罗勃·豪金斯就任的那一天，一个朋友对他的父亲说："今天早上我看见报上的社论攻击你的儿子，真把我吓坏了。"

"不错。"豪金斯的父亲微笑着回答说，"话说得很凶。可是请记住，从来没有人会踢一只死了的狗。"

年轻的豪金斯更是以人们没有想到的态度对待那些批评他的人和媒体。他乐观地微笑着告诉大家："我没有时间回答你们的质疑，因为我必须立刻投入工作，让时间来回答大家。"

最终，正如豪金斯的父亲所说的那样，罗勃·豪金斯在芝加哥大学校长的位置上做得非常成功。在他担任校长期间，芝加哥大学在世界大学中的排名突飞猛进。芝加哥大学建立了世界一流的实验室，聘请到了几十名世界一流的教授，他们培养的学生受到广泛欢迎。豪金斯没有令他的父亲失望，更没有让那些批评他的人找到任何攻击他的借口。

他没有去阻止别人对他做任何不公正的批评，只是努力让自己摆脱不公正批评的干扰，专心致志地按照自己的意志做自己应该做的事，最后让事实说话。

其实，我们每一个人在自己的一生当中，都会遇到这样的批评和指责。当你成为不公正批评的受害者时，你完全可以像豪金斯那样，乐观地一笑。

美国前总统林肯是一个伟大的人，如果不是对那些骂他的人置之不理，恐怕他早就崩溃了。当时正是艰苦的内战时期，各种力量都汇集到他这里，批评他立场的人和媒体非常多。他当时写下的应对针对他的批评的方法，现在已经成为一篇文学和政治上的经典之作。在第二次世界大战期间，麦克阿瑟将军曾经把它抄下来，挂在自己办公室写字台后面的墙上。而英国首相丘吉尔也把这段话镶在镜框里，挂在自己书房的墙上，用以激励和鞭策自己。这段话是这样的："如果我只是试着去读，更不用说去回应所有针对我的攻击，那么这个店不如关门去做别的生意。我用尽我所知的最好办法去做，也尽我所能去做，而我打算一直这样把事情做完。如果结果证明我是对的，那么即使花十倍的力量来说我是不对的，也没有什么用。”

没有别的，当我们受到不公正的批评之时，我们不要去争论和回击什么。我们应该做的，是把自己的工作做好，没有比这再好的选择。因为，做好了事情，不仅所有的批评和质疑声音会不攻自破，那些喋喋不休的批评者也会无地自容。

人的一生是有限的，我们大脑的容量也是有限的，如果我们学会了筛选和过滤，学会了忘记，只记住那些让我们感动的和美好的事情，我们就是轻松快乐的人了。

只记住那些感动和美好

我只给了母亲满头白发

不久前，我带着妻儿回老家给父亲上坟。从济南到老家的公路非常好，车辆也不多，用了两个半小时就到家了。

这么多年以来，我这是第一次回家没有事先打电话，因为，我头一天看天气预报，知道老家这一天有雨。下雨的天气，气温是非常低的，如果母亲知道我要回去，她是一定会在村口接的，而且她会很早就从家里出来到村口去。我担心天凉会冻着母亲，因为她已经86岁，而且因为得了一次脑血栓，她已经失语一年多，身体状况大不如前了。

但是，当我的车子拐下公路开到村里的小路上时，我一眼看到：母亲正拄着拐棍，站在路口，向着公路的方向张望着。凝视着细雨冷风中的母亲，我无法控制自己的泪水。羸弱的母亲，尽管没有接到我的电话，但是她知道儿子今天一定会来的，所以很早就从家里出来接远方的儿子了。我停下车，告诉儿子：“快下去，把奶奶扶到车上来。”妻子和儿子下去了，我看着他们跑向母亲。我慢慢地把车开到母亲身边，下来扶着母亲，想说什么，但什么也没有说出。母亲先盯着我看，然后用手抚摩着孙子的头。我看得出，她很高兴。她用手势向我比画，我明白她想说的意思是：孙子又长高了。

按照我们老家的风俗，这一天，女儿是一定要到爹娘的坟上烧纸钱的。这么多年了，因为母亲的身体不好，又加年事已高，我们就一直没有让母亲去过姥爷、姥姥的坟地。今年，当我给父亲烧完纸钱以后，我突然产生了一个想法：在今天这个特殊的日子里，母亲一定也在想着去给自己的爹娘烧纸钱。因为，她一定知道，她这样的机会就快没有了。从父亲的坟地回来，我就对母亲说："娘，我们去姥爷、姥姥的坟地，给姥爷、姥姥烧纸钱去。"我看到，母亲听完我的话，眼里的泪水立刻就流出来了，她马上就给我打手势，意思是立刻就走。我看到她急切地给我打手势，我立刻明白，她的意思是快准备纸钱。

从我们的村子到姥爷、姥姥的坟地也就两公里路，我让母亲坐在前排的座位上。我想让母亲坐在车上尽情地看看她熟悉的地方和风景，因为自从母亲得病以后，我们就哪里也没有让她去过，她已经好几年没有到过她熟悉的道路和田野了。

母亲的眼睛一直在不停地看着窗外。我把车开得很慢，两公里的路程我们走了半个小时。到了姥爷、姥姥的坟地，我和妻子扶着母亲到坟前点燃了纸钱，我和儿子给姥爷、姥姥的墓碑鞠躬。我看到母亲的表情很安详、很平静，她很认真、很仔细地看着坟地周围的一草一木。她似乎在对自己的双亲说："我带着子孙来看你们了，不知道明年还能不能来。"

回家的路上，母亲很高兴的样子，满脸都是那种愿望实现的喜悦。可是，当我告别了母亲，当我开车离开村口，我的情绪却无论如何也无法平静下来，我再也控制不住自己的眼泪。母亲啊，我除了给了您一头白发，还给了您什么？

已经是风烛残年的母亲，明年的今日，您还是在村口接自己远方的儿子吗？

（本文选入四川地区2011—2012学年第一学期11月月考九年级语文试卷）

恩重如山

我的好友林就要应加州大学的邀请前往做访问学者了，我去给他送行。在他宽大的客厅里，我们依依惜别。他说，他有一个心愿未了。没想到，林这些年来奋发努力，原来是从一个偶然发生的故事开始的。

他的家乡在偏僻的乡村，那里很穷，能吃饱饭的人家就算是殷实之家了。他家里共四口人：奶奶、父亲、母亲和他。奶奶常年有病，父亲身体也不好，家里只靠母亲一人。在他8岁那一年，父亲的身体稍稍好一些了，跟着村里人到一个小煤窑去挖煤，不料正赶上了小煤窑坍塌，被砸死了。没有挣到钱，为了埋葬父亲又借了很多钱，家里的困难就更大了。

临近春节了，奶奶躺在床上有气无力。母亲出去一整天，卖家里仅有的一垛谷草，没有人买，又拉了回来。这个时候，不要说买肉过年，第二天吃的也没有着落。8岁的他已经懂事了，看着母亲悲苦的神情，他想到自己养了一年多的两只小白兔——那是父亲活着的时候花1元钱给他买的。父亲说："你要天天割草喂它们，它们就会生很多很多小白兔，然后把小白兔卖了，换钱当学费，就有钱读书了。"这一年多里，他天天割草，风雨无阻，小白兔已长成了大白兔，过了年就能够生小白兔了。

他经常对奶奶和母亲说："上学够用，还要给奶奶治病，买好东西给母亲吃。”他实在是舍不得卖啊。可是，看着病床上的奶奶和无奈的母亲，他咬了咬牙说：“把我的小白兔卖了吧，好买肉给奶奶包饺子。”母亲的泪水唰唰地落下来。她知道那是儿子的全部希望和寄托，可是家里实在没有任何东西可以换钱了。母亲含泪同意了。

他把两只小白兔装进背篓，就到集市上去了。他蹲在街口，两只手各抓着一只小白兔的两只耳朵，向过往的行人喊：“谁买小白兔？”喊了多少遍，过了多少时间，他记不清了。到了中午，一个穿制服的人在他面前停了下来。那人问他为什么卖小白兔，家里的大人为什么让他一个小孩子来卖。他一五一十地全说了，从父亲给他买小白兔，到他养小白兔，还有他的希望和憧憬。

他记得，那人听后沉思了很久，然后掏出5元钱，又从上衣口袋里拿出一支钢笔给他说：“小白兔不要卖了，还要养着将来上学用。这支钢笔送给你写字。”那人帮着把小白兔装进背篓，让他赶快回家去。5元钱对于当时的他家来说是笔巨款，他们过了一个很宽裕的年，买了肉，买了白面，还有鱼。第二年春天，他的大白兔一次就生了6只小白兔，兔子的规模一下子扩大到了8只；后来，最多的时候扩大到了30多只。他一年当中靠卖小白兔，能有几十元的收益，足够他上学用的，还能贴补家用。

林告诉我，他之所以能读大学，正是这些小白兔的功劳。几十年来，他一直都在寻找那个帮助过他的人，却一直没有找到。他说，他一生受过很多帮助，但只有那一次最令他刻骨铭心。林说，也许那个好心人早就忘记了那样一件小事，他也许永远都不知道，他的那一次举手之劳，对于当时的那个孩子却是恩重如山。

我对林说：“也许我们永远也找不到那个人了，但我们有更好的办法了却心愿：在自己的生活中，经常做这样5元钱和一支钢笔的事情。”

林已经远赴加州。我相信，林早已把这个美好的故事讲给他来自世界各地的学生。而我，也一直被这个故事感动着。

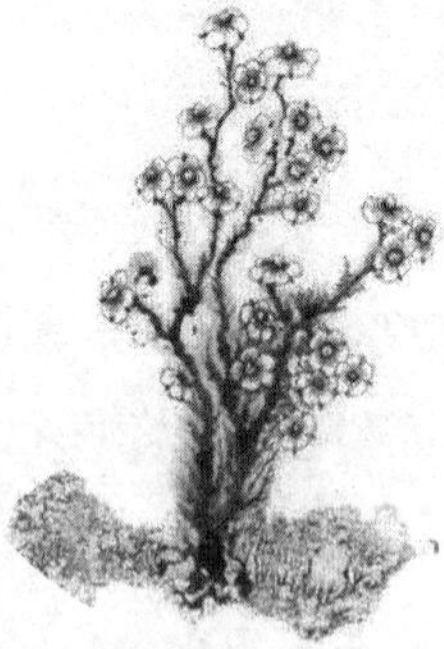

幸福的声音

现在关于幸福的话题谈得很多，关于什么是幸福的答案也很不同。但是，最近发生在我小区里的一个家庭故事，给了我另外一个答案。

前年春天，我搬到城南的新建小区。小区依山而建，风景秀丽，是现代都市里很标准的住宅区。小区中的住户，大多是这个城市里的文化艺术人士， 开着私家车出出进进，每一个人的脸上仿佛都写着幸福与快乐。

开始的时候，小区物业不完善，清洁工时有时无，公共卫生很糟糕。大家给管理部门提建议，希望找一个固定的清洁工，工资由大家分摊。

不久，我们的小区真有一名农民模样的清洁工了。他50多岁，头发有一半都白了，听口音不是本地人，我们都叫他老陈。他很尽职。按规定，他扫到每个单元的楼口就可以了，楼道由住户自己负责。但他总是把楼道里面打扫得干干净净，他说：“大家都忙，我多干一点没啥。”而且，他不是一天打扫一遍就完事了，而是每天早上5点起床打扫第一遍，下午1点打扫第二遍。如果刮风下雨，他还会多打扫几遍。总之，只要地上脏了，他就打扫。他总是说：“人家花钱雇咱，不是说规定一天扫几遍，而是要让小区干净、整洁、卫生。小区不卫生，那就是咱的不是了。”他的善良和勤快赢得了人们的信赖，大家都很自然地把他当成小区的一员。碰到他的时候，大家都会停下来和他聊几句。

随着了解的加深，有关他的情况就在小区里传开了。他来自鲁西南，有两个孩子在我们的城市上大学。他这份工作一个月1200元。干完分内的工作后，他就在小区里捡废品。那些垃圾桶里的纸箱子、酒瓶子、塑料袋、矿泉水瓶等都捡拾起来，一个月下来也可以挣个几百元。这样，孩子上学的费用就有着落了。

他就住在小区外面垃圾楼的底层。垃圾楼都是两层的，上面的一层放垃圾，下面的一层就是个五六平方米的小房子。为了垃圾车运垃圾方便，垃圾楼底层的顶部是倾斜的，所以在下面的小房子里有一半地方直不起腰来。但他对这所房子已经非常满意了。他说，在这个城市里能找到这样不花钱又可以住的地方真是太好了，这样他又可以节省一笔开支了。

在一个周六的晚上，我去倒垃圾的时候听到小房子里传来欢快的谈笑声。我敲开了门，原来是他的两个儿子来了。他们是做完家教之后一起来的，老大还买来了一个大西瓜。爷儿三个正在一起吃着西瓜、说着开心的事儿呢。他们见我来，很礼貌地让我在床沿上坐。两个孩子一个是学计算机的，一个是学日语的，他们正各自讲着自己学校的事情。两个孩子的穿着都十分朴素，却丝毫遮盖不住他们的才华和聪慧。我看得出，他们目光锐利，自信乐观，满脸都是幸福的样子。

老陈告诉我，这一夜别想睡个好觉了，只要两个儿子来了，他们爷儿三个就挤在一张小床上，开心的话一夜都说不完。

很多天过去了，他们一家三口的影子始终在我的眼前晃动。我想，这是多么幸福快乐的一家人啊。比起住在高楼里的人们，他们拥有的幸福一分都不少，他们的日子一样快乐啊。

有所不知的老师

任何一个人的知识范围都是有限的，任何人都会面临有所不知的困惑和迷惘。当面临这样的困惑时，是诚实地承认自己的不知，还是闪烁其辞地回避，能看出一个人的修养和度量。尤其是在学校里，当自己遇到不懂的问题时，向老师提问，没有学生会想到老师也有可能回答不上来，因为在学生的心目中，老师几乎是全能的，老师无所不知。可是，我却遇到过明确承认自己“有所不知”的老师。

那是我上小学五年级的时候，我在一堂语文课上遇到了一个问题。我写一篇作文，想到了“辍学”这个词，却不会写。我问老师，“辍学”的“辍”字怎么写？老师略一停顿，他说，这个字他也不会写，他接着问全班同学谁会写这个字。

有一个女同学回答自己会写这个字。老师很高兴地让她到讲台的黑板前写出来。她写出来以后，老师又让这个同学带领全班同学读了很多遍。老师让我站起来，他对全班同学说：“我们应该感谢鲁同学，他让我们大家认识了这个字，同时也让我弥补了自己的知识缺陷。”我当时是多么自豪啊。我记得很清楚，在回家的路上，自己像生出了翅膀一样，赶快回家把这件事情告诉父母。

这个字我彻底记住了，我相信全班同学也彻底记住了这个字。

再后来读高中的时候，我在阅读文言文时，遇到了这样一句话："艰难困苦，玉汝于成。"我不理解这句话的含义，就在晚自习的时候问语文老师。当时教我们语文的是一位德高望重的老教师，在全校都是语文的权威。但是，没有想到，听了我的问题以后，老师真的被难住了，他也难以立刻解释这句话，要回办公室查一下资料再告诉我。半小时以后，老师回到了教室里，他让大家停下来，听他讲这句话。他讲得很细致，包括这句话的含义、每一个字的意思、文言文和白话文的区别，并要求大家永远记住这句话，作为自己的座右铭。

当时，德高望重的老师丝毫没有不好意思的神色，他似乎对于我的问题十分赞赏。他当时在自习课上就当着大家的面说："任何人都有所不知，老师也有很多不知道的知识，重要的是通过这种方式，大家都能够提高。"他鼓励大家要向我学习，要善于发现问题。

我记住了这句话，相信全班同学也记住了这句话。老师们在我心目中的分量，丝毫也没有因为他们的有所不知而减轻，反而变得更加厚重而崇高。

没有人是全能的，任何人都会有所不知。

母亲，五千年的温暖

在我们五千年的文明史上，无数的母亲，用女性的宽广、坚韧和博爱，演绎了一曲曲慈母教子的故事，让我们沧桑多难的历史充满无边的温暖。

在山东邹城市北20里的马鞍山麓，古柏森森的孟母林静穆庄严，时刻吸引着一代代景仰这位伟大母亲的人们。孟母三迁的故事，不仅仅是几千年以来中国教育文化的典范，也成为一个世界范围的母亲样板。尽管这个故事历经了几千年的岁月沧桑，但是，至今它依然在人类的思想文化殿堂里熠熠生辉。

田稷子之母教育儿子拒绝贿赂、为官廉洁的故事被收入《列女传》中。儿子田稷子做了齐国的宰相，可谓“一人之下，万人之上”，位高权重，因此那些欲升迁的下属纷纷想办法给他送礼。一天，田稷子收了一个下属送的百镒之金，高兴地回家让母亲放起来。母亲看到这么多金子，对儿子说：“你当宰相三年了，我从来也没有见到你拿回家这么多的俸禄啊，你这次怎么拿来这么多呢？”儿子说：“是我的下属送的。”母亲顿时气愤地质问儿子：“我听说士大夫要修身洁行，不能随便收受人家的东西，一定要注意做到洁身自好、言行一致、忠诚守信、办事公正。眼下你却不是这样，远离了做臣下的要求。像这些不是从正道上来的财物，我是不会享用的。你这样做就是不肖之子，不是我的儿子，你走吧！”

听了母亲的训斥，田稷子惭愧万分，主动把金子归还送礼的下属，并主动到宣王面前请罪，请求君王降罪。宣王弄清楚了事情的来龙去脉，非常赞赏其母的大义德行，不但免去了田稷子之罪，让其继续担任宰相，而且下令赏赐其母。

岳母刺字的故事，也是中国的历史故事中流传最广的教子故事之一。岳母为了让儿子终生报效国家，在儿子的背上刻下“精忠报国”，因此成为千百年来教育儿子精忠报国的母亲楷模。

欧阳修的母亲郑氏出生于一个贫苦的家庭，只读过几天书，却是一位有毅力、有见识又肯吃苦的母亲。她不断给年幼的欧阳修讲如何做人的故事，每次讲完故事，都对故事做一个总结，让欧阳修明白了很多做人的道理。她教导孩子最多的就是做人不可随声附和，不要随波逐流。欧阳修稍大些以后，郑氏想方设法教他认字写字，先是教他读唐代诗人周朴、郑谷及当时的九僧的诗。尽管欧阳修对这些诗一知半解，却增强了他读书的兴趣。眼看欧阳修就到上学的年龄了，郑氏一心想让儿子读书，可是家里穷，买不起纸笔。有一次，她看到屋前的池塘边长着荻草，突发奇想：用这些荻草秆在地上写字不是也很好吗？她就用荻草秆当笔，铺沙当纸，开始教欧阳修练字。欧阳修跟着母亲的教导，在地上一笔一画地练习写字，反反复复地练，错了再写，直到写对、写工整为止，一丝不苟。这个“画荻教子”的故事被后人传为佳话。

今长沙市天心区的礼贤街，相传是为纪念陶侃的母亲湛氏礼下士而定名的。陶侃乃东晋名将，曾任八州都督、征西大将军，封长沙郡公。他有一个非常贤惠又深明大义的母亲。陶侃少年时丧父，家境清贫，与母亲湛氏相依为命。湛氏是位很坚强的女性。她立志要使儿子出人头地。在这种环境下，她对陶侃管教很严，并通过自己纺织资助儿子去结交朋友。

后来，陶侃在县功曹周访的推荐下当上县主簿，才开始摆脱充当贱役的命运。

一次，鄱阳郡孝廉范逵途经陶侃家。正值大雪。陶侃因家贫，担心没有招待而怠慢了朋友，心中十分焦急。母亲看在眼里，安慰他说：“你只管留客吧，我会设法招待好的。”于是，她把头上的长发剪下，换成酒菜，又卷起铺床的干草切细，喂饱范逵的马。范逵事后得知，感慨道：“不是这样的母亲，培养不出这么好的孩子！”

不久，陶侃做了渔梁吏，食用官府的鱼（腌鱼）。他念起贫寒中的母亲，就用陶罐盛了一点鱼送给母亲。不料母亲不仅不收，还将陶罐封上退回，并附信责备说：“你担任官吏，把官府的物品送给我，这样做不仅没有好处，反而增添了我的忧虑啊！”此事给陶侃以极大的教育，为陶侃后来做官的廉洁奉公打下了基础。

苏轼的母亲程夫人，出身名门，世居眉山，自幼熟读诗书，深知礼仪，颇具远见卓识。她18岁嫁到苏家，安贫持重，敬老爱幼，远近都称赞她的贤淑。一次，有人问她：“你娘家有钱，何苦自甘过此粗粝的生活，不向爹娘开口？”她回答：“我去求父母，当然不会遭拒绝，但被别人说我丈夫靠人养活，又将如何解释？”

苏洵不刻苦读书时，程夫人诚恳劝勉丈夫。当苏洵发愤读书后，程夫人看他作的诗文，指出：“读书是深入探讨古今天下兴衰成败之理，用以治世；学习圣贤之道，用以修身。”于是，苏洵焚毁旧时诗文，重新研讨六经百家之说，抑而不发，到非发不可时，才下笔成文。从此，诗文一出，便惊朋辈。苏洵很感谢夫人的帮助，在《祭妻文》中沉痛地说：“寡居终日，有过谁箴！”

苏洵认真读书时，膝下已有一女二男，即五岁的女儿八娘、三岁的苏轼和一岁的苏辙，教育子女的任务落在程夫人身上。因程夫人治家有方，苏家渐渐富裕起来。程夫人接济穷人，乐善好施，却不为儿女蓄积钱财。她非常注重对孩子的人格培养。有一天，程夫人教儿子读《汉书·范滂传》。范滂是东汉名士，查办贪官污吏，铁面无私。因党锢之祸，范滂牵连其中而被杀。苏轼问："儿若为范滂，母亲允许吗？"程夫人答道："儿若能为范滂，娘难道不能成为范滂的母亲吗？"（范滂母亲为成全儿子的志愿而自杀。）有人在宅内发现前人的窖藏金银，她重新埋好，不许挖取，并教育子女："非分之财，分文不能妄取。"如此精辟的回答，值得我们每个人特别是每一个做母亲的人深思。苏轼少年时代良好的家庭教育奠定了他日后的伟大人格。虽然他一生仕途坎坷，但是其人格的力量，在中国几千年的历史中却大放光芒。苏轼兄弟一生做官清正，这与程夫人的勉励教育是分不开的。程夫人天性善良，对世间一切有情生命皆心存爱惜。苏家庭院竹柏丛生，杂花满树，许多鸟雀都来这里筑巢、栖息。程夫人严禁家人捕鸟取卵，天长日久，来苏家庭院安巢的鸟儿越来越多，而且都不怕人，有的甚至把窝筑到低矮的枝丫上，小孩子可以俯身而视，给小鸟喂食。程夫人从细小事情入手，培养儿子的仁心慈念，对于苏轼一生有着非常重大的影响。

我们五千年的文明中，无数伟大的母亲，把自己的人生信念深藏在细腻入微的生活当中；她们的思想，成为我们民族宝贵的精神财富，滋养着一代代华夏儿女。

挺直的腰杆

这是一个周末，我按照早就答应孩子的计划，开动了车子。我们要去鲁西南的乡村旅行。正在读初中的孩子要完成一个老师布置的考察课题：考察一个偏远的村子，然后写一篇考察作文。我对孩子说："我们就去鲁西南吧，那里是我们的故乡，对于那里的风土人情，爸爸是有资格当导游的。"

从济南往鲁西南方向，有新通车的高速公路，也有220国道。我选择了国道。我想，正可以借轻松的旅行，给儿子介绍沿途的乡村风景。儿子在车上手舞足蹈。一个学期了，他还没有出过城市。当漫山遍野的自然景色扑入眼帘时，他兴奋极了。

到了济南西南郊外的党家庄，我看到路旁有一位背着行李的中年男子在向一辆拉货的长途车招手。长途车没有停。这里有一座监狱，我猜测这一定是一个刑满释放的人要回家去。我的车上只有我和儿子，正好顺路，就捎他一程。我停下了车。看到车停在面前，他很吃惊。我问他："去哪里啊？"他说："去梁山。"正好顺路，我说："你上来吧。"他很难为情地看着我，犹豫了片刻说："我没有钱打出租车。"我笑了，我说："我的车不是出租车，不要你的钱，顺路捎你。"

他千恩万谢地上了车。车子在起伏不定的山间公路上飞驰，城市的轮廓渐渐远去，一个个在山坡上错落有致的村子掠过车窗。

“十年了，我没离开过那座院子一步。”他掩饰不住自己的激动，很动情地告诉我。

我说：“出来了就好。回家以后，好好过日子吧。”

“我还不知道家里是什么情况。”

“十年中，家里没有人来看过你吗？”

“没有，只是捎来过一些东西。我猜想，妻子和孩子可能都走了。”

我渐渐知道：当年，他和另外两个朋友谎称去泰山，打了一辆新出租车，半路上打昏司机，把车抢走。被抓捕之后，他被判刑13年，因为在监狱里表现较好，提前3年出狱。

“我给家里丢尽了脸，妻子还能等我吗？我从来也没有奢望过人家会等我。我现在回家，就想看看父母，然后出来打工，我也没有脸面在故乡混下去。”

看着他无奈伤感的样子，我说：“也许，她还在等你。她知道你今天回家吗？”

“一周以前，我知道了出狱的确切时间后，就给家里写了信。”

“也许，你的一家人都在村口等你呢！”我安慰他，尽管我也无法确定他家究竟怎么样了。

“我的父母一直身体不好，不知道他们是否还健在。他们如果健在，是不会原谅我的。我们家世代都是本分人家，他们本来对我寄予很高的期望啊，怎么能够想到我会变成一个强盗！”

我们一路交流着，距离他的家越来越近了，我分明看得出他的渴望与不安。他的眼中既有热切的渴盼，又有不安的惶恐。

“变化太大了，那个时候路没有这样宽，农村的房子也没有这样漂亮。唉，我家的房子肯定还是老样子，谁来翻盖啊！”他自言自语。

我不知道怎样安慰他才好。我说：“我送你到家吧，你还有很重的行李。”他马上回绝说：“不，不，怎么好意思，已经够麻烦了。”

按照我们那一带的风俗，客人到了家门口，是一定要邀请进门喝杯茶的。我问：“到了你家门口了，你不让我去喝杯茶吗？”他脸一红，很不好意思地说：“那是，那是，进家喝杯茶。”

他指挥着车子行驶在高低不平的乡村土路上，距离他的家门越来越近了，我感觉到他的呼吸越来越急促。进了村子，我看到他故意低下了头。就在我们拐进一个胡同的一刹那，他立刻喊：“停车！停车！”车还没有停稳，他就跳了下去。我看见一对老人、一个中年妇女和一个十几岁的孩子，还有几位乡亲站在胡同口。

我看到，他的眼泪夺眶而出。他马上跳下车，双膝跪在老人面前。

我和儿子下车望着他们的身影，我看到了他脸上坚定幸福的神情，也看到了他有力迈动着的双脚和挺直的腰杆。我问儿子：“你知道这是一个怎样的人生故事吗？”

儿子说：“我知道，这个囚犯家的人并没有因为他犯罪而抛弃他。”

是啊，他们没有抛弃他，他们在盼望着他回到自己的家，他可以重新开始新的人生了。

我们到他的家里喝了几杯茶，然后就返回济南了。因为我知道，儿子接受了一次最具体深刻的人生教育，他的考察也得到了意外收获。

信念的力量

鲁西南深处有一个小村叫姜村。这个小村子因为这些年几乎每一年都有几个人考上大学、硕士甚至博士而闻名遐迩。方圆几十里以内的人们没有不知道姜村的，人们会说“就是那个出大学生的村子”。久而久之，姜村不被叫姜村了，大学村成了姜村的新村名。

姜村只有一所小学，每个年级一个班。以前的时候，一个班只有十几个孩子。现在不同了，方圆十几个村，只要在姜村有亲戚的，都千方百计把孩子送到这里来。人们说，把孩子送到姜村，就等于把孩子送进大学了。

在惊叹姜村奇迹的同时，人们也都在问、都在思索。是姜村的水土好吗？是姜村的父母掌握了教孩子的秘诀吗？还是别的什么？

假如你去问姜村的人，他们不会告诉你什么，因为他们对于秘密似乎也一无所知。

二十多年前，姜村小学调来了一位五十多岁的老教师。听人说，这位教师是一位大学教授，不知道什么原因被分配到了这个偏远的小村子。这个老师教了不长时间以后，就有一个传说在村里流传：这位老师能掐会算，他能预测孩子的前程。原因是，有的孩子回家说“老师说了，我将来能成数学家”，有的孩子回家说“老师说我将来能成作家”，有的孩子说“老师说我将来能成音乐家”，有的说“老师说我将来能成钱学森那样的人”，等等。

不久，家长们又发现，他们的孩子与以前不大一样了：他们变得懂事而好学，好像他们真的是数学家、作家、音乐家了。老师说会成为数学家的孩子，对数学的学习更加刻苦；老师说会成为作家的孩子，语文成绩更加出类拔萃。孩子们不再贪玩，不用再像以前那样严加管教；孩子也都变得十分自觉，因为他们被灌输了这样的信念：他们将来都是杰出的人，而有贪玩、不刻苦等恶习的孩子都是成不了杰出人才的。

家长们很纳闷，也将信将疑：莫非孩子真的是大材料，被老师道破了天机？

就这样过去了几年，奇迹发生了。这些孩子到了参加高考的时候，大部分都以优异的成绩考上了大学。

这位老师在姜村人的眼里变得神乎其神，他们让他看自己的宅基地、预测自己的命运。可是，这位老师却说，他只会给学生预测，不会其他的。

这位老师年龄大了，回了城市，但他把预测的方法教给了接任的老师。接任的老师还在给一级一级的学生预测着，而且他们坚守着老教授的嘱托：不把这个秘密告诉给村里的人们。

我的几个好朋友就是从姜村走出来的，他们说，他们从考上大学的那一刻起，对于这个秘密就恍然大悟了，但他们这些人又都自觉地坚守起了这个秘密。

听完这个故事，我始终被这位可敬的老师感动着。人世间还有什么力量能超过信念的力量呢？他通过中国最传统的方式，在这些幼小孩子的心灵里栽种了信念啊！

藏在面包里的金币

法国历史上最大的面包经营商杰瑞不但产业遍布欧洲，而且以热心慈善事业著名。在二战时期最艰难的岁月里，他的家族把价值数千万法国克朗的面包无偿捐献给饥饿中的平民和军队，他被戴高乐将军称为“面包慈善家”。

二战结束以后，杰瑞获得了法国国家贡献奖章。在颁奖仪式上，当记者要他谈自己的获奖感受时，他说，获得这个奖的不应该是他，而是他家所在小镇上的面包师密特朗先生。现在，密特朗先生已经过世了，但是，他要在明天专门去密特朗先生的墓地，把这枚奖章敬献在他的墓前，向他表达自己的崇敬之情。

杰瑞以充满崇敬的语调向人们讲述起自己童年经历的一个故事。在他12岁那年，他的故乡发生了大饥荒，很多人因为家里断粮而饿死了。这个时候，镇上唯一的面包师密特朗先生站了出来，他把镇上最穷人家的25个孩子全部叫到自己的面包店里。他让工人端来一只盛了25块面包的筐子放到孩子们面前。他告诉孩子们，从今天开始，孩子们每天这个时候都可以到这里来拿一块面包吃，直到饥荒结束。

25个孩子中，有的孩子已经两天没有吃一点东西了，大家都饿极了，还没有等密特朗先生讲完，很多孩子就迫不及待地去抢筐子里的面包了。面包有大有小，一个人只有一块，很多孩子自然去挑大一些的面包，甚至因为抢大一些的面包，孩子们之间发生了争执。

当时，杰瑞也是25个穷困孩子中的一个，他没有像其他孩子那样去争抢，而是等密特朗先生讲完话以后才走到筐子前去拿。自然，筐子里剩下的，是最小的一块面包了。

密特朗先生发现他的举动，问他："你为什么不像其他孩子那样去抢呢？"

杰瑞说："密特朗先生，能得到您施舍的面包就已经很幸运了，怎么还能无理地抢呢？再说，总有人要得到最小的一块。"

更令密特朗先生吃惊的是：其他孩子抢完面包，没有一个人向他告别或者向他说声感谢，都是当场把面包吃完后就走了。杰瑞却主动来到他面前说："谢谢你，密特朗先生。"然后，杰瑞把面包小心翼翼地拿在手里，回家了。

这引起了密特朗先生更大的注意。密特朗先生猜想，杰瑞一定是把面包拿回家同家人一起吃。

第二天，依然是这样，杰瑞最后拿了一块最小的面包，然后拿回家了。

密特朗先生始终关注着，连续五天，都是一个样子：到了面包师端来筐子的时候，杰瑞站在一旁看着大家争抢完，自己最后拿着最小的一块面包回家。

密特朗先生来到了杰瑞的家里，发现杰瑞的奶奶病了，杰瑞每天把面包拿回家，分一半给奶奶吃。

第七天的时候，杰瑞与前几天一样，拿了最小的一块面包回家。这块面包甚至比前几天的更小，只有正常那些面包的一半大小。可是，当杰瑞掰开面包给奶奶的时候，奇迹出现了：面包中有一枚金币！要知道，在当时，一枚金币足以开一家面包店了。

杰瑞对奶奶说，一定是密特朗先生不小心把金币掉在面包里了，应该给密特朗先生送回去。奶奶完全赞成孙子的做法，鼓励他马上回去。

杰瑞来到密特朗先生家的时候，密特朗先生正坐在院子的椅子上喝咖啡。看见杰瑞来了，他笑眯眯地站起来对杰瑞说：“孩子，什么也不要说，我知道你干什么来了。回去告诉你的奶奶，这枚金币是对你的奖赏，你回去同家里的人一起也开一家面包店吧。”

杰瑞的事业，就这样起步了。密特朗先生不但给了他最初的起步资金，而且专门派面包师向他传授技术。当杰瑞26岁时，杰瑞的面包店已经开遍法国和欧洲，他成为欧洲最大的面包经营商。

杰瑞的故事讲完了，人们用热烈的掌声送给杰瑞，当然，也是送给密特朗先生。

邻居家的狼狗与草坪

戴家与秦家是相邻两栋别墅的邻居，他们都是前年先后搬来的。也许都是富人的缘故吧，总是不会像穷人家那样毫无防范地敞开门扉，两家极少往来。可是，从去年开始，因为夜晚戴家的招待会音响分贝大了一些，而秦家的女人患有高血压，最怕吵闹，两家的女人发生了口角，引发一些不愉快。从此，两家就鸡犬之声相闻，老死不相往来了。

两家本来就不认识，发生不愉快后也就更不交往了。每当进小区大门相遇或者在小区内的咖啡馆、茶社碰面，或者在小道上散步遇见，互相也都假装不认识。两家的关系越发生疏，也让人感觉有些淡淡的压抑。

两家的男人都感觉这样不好：在一个小区住着，总是有机会经常碰面，这让人感觉十分尴尬，况且也没什么大不了的隔阂。可是，两家的女人不这样认为：我们什么也不求他们，总不能先去道歉吧？总不能自掉身价吧？

戴家和秦家——相邻两栋别墅的主人，就这样陷入了一场无风无雨的冷战当中。

去年夏天，戴家人去欧洲旅行，要三个月才能回来。他们没有办法带上那只看家的狼狗，就委托小区的保安照料。

小区的保安是两个青年人，他们也没有照料狼狗的经验，放了狗饲料却忘记喂水，口渴的狼狗半夜里汪汪狂吠。

秦家也有狼狗，从戴家的狼狗的叫声中，有经验的女主人很快发现了问题。开始的几个白天里，她看到小区保安来喂狼狗，就判断出是邻居出远门了。

可是，狼狗总是叫也不是办法，不仅仅扰得人不安宁，自己也心疼那狗。秦家女主人动了恻隐之心：狗不是主人，她与狗总没有过节。这样想着，她就把喂自己家狼狗的饲料和汤水喂了戴家的狼狗，戴家的狼狗立刻就安静下来了。

小区的保安第二天知道了，就对秦家女主人说："我们也不会照料。你们是邻居，就请你们帮邻居照料吧。"一个有身份的女人，总不能把自己与戴家有些过节的事情说给保安，尽管内心里有一百个不情愿，但也勉强答应下来了。

也就是戴家去欧洲的第三天，秦家的女主人就充当起戴家狼狗的饲养员。

可是，还不仅仅是照料狼狗这一件事。不久，在秦家雇来的工人整理秦家门前草坪的时候，秦家的女人发现了邻居戴家草坪上旺长的野草——这等于告诉那些经常光顾小区的盗贼：这家的主人出远门了，家里没有人。家里没有人，狼狗也是摆设，一个毒面团就把狼狗解决了——小区内曾经发生过这样的事。

秦家女主人的善念又动了：如果邻居不在的时候发生了盗窃事件，对于邻居是损失，也会让自己的家人担惊受怕。既然把戴家的狼狗无偿地照料了，干脆在清理自己家草坪的时候，也顺便把戴家的草坪一并清理了，以防患于未然。

她告诉雇来的除草工人，每次清理草坪的时候，把邻居家的也清理了，她给他们多一倍的费用。

就这样，在戴家人去欧洲旅行的三个月里，秦家的女主人主动帮助与她不睦的邻居戴家照料了三个月的狼狗与草坪。戴家的狼狗得到了很好的照料，草坪也一如他们出行之前一样整齐。

三个月之后，戴家人回来了。一到自己家的门前，他们首先看到了齐整的草坪，又看到了毛色光亮的狼狗。他们想，一定是小区的保安看到家里没有人，在来照料狼狗的时候把草坪也主动清理了。他们对小区的管理有了新的评价，对小区保安的尽职尽责也充满敬意。

进门稍微一停，他们就带上从欧洲带回来的一些礼品去保安部，要表达自己的感谢。可是，到了保安部，听了保安的介绍，戴家人惊呆了：照顾他们家三个月的，竟然是与他们家不睦的邻居。

晚上，秦家接受戴家的邀请，去戴家做客。从此，戴家和秦家成为相互照顾的睦邻，也成为小区物业表彰的睦邻模范。

只记住那些感动和美好

当一个人的心中充满感动和美好情愫时，天空一定是澄澈明朗的，世界里到处都是鲜花和微笑，所看到的每一个人，也一定都是善良可爱的。相反，如果一个人的内心总是充斥着仇恨和嫉妒，他所看到的每一个事物一定都是狰狞可怖的，所看到的每一个人也必定都长着一双恶毒的眼睛。

《列子·周穆王》记载了这样一个故事：

一个住在宋国的人叫华子，中年之后得了健忘症。早上给他东西，晚上就忘了；在路上忘了走路，在家里忘了坐下来。一家人担心极了，请算命先生占卜，请医生来看病，但均毫无起色。

鲁国有个儒生，自称可以治疗这种疾病。华子的妻子愿意拿一半家产作酬劳。儒生说：“我试试吧！看能不能化解他的忧虑、改变一下他的思维。”儒生试了试华子的反应，觉得治疗他的病并不困难，但要单独和病人一块待七天，不能让任何人知道他的治疗方法。

七天过后，儒生真的治好了华子的积年之疾；用的什么办法，自然没人知道。但问题又来了，华子的病痊愈之后，几乎完全变了一个人：怒逐妻子、臭骂儿子不说，还操戈追起儒生来了。

一些人逮住了他，问："这是怎么了？"

华子说："唉！我得了健忘症那阵子，荡荡然不觉天地有无，舒服得不得了。如今，我不再健忘了，那些年来的存亡得失、哀乐好恶，却又一股脑儿地涌现在胸怀。要是以后也如此这般，被存亡得失、哀乐好恶的情绪扰个不休，岂非糟糕透顶？这不是叫人更加懊恼吗？"

这个故事虽然有些夸张，却告诉了我们这样一个道理：对于生活中那些不如意的烦恼和不快，一定要学会忘记。

《世界科技译报》有一篇报道说，精神病学家卢利亚收治了一位精神严重错乱、生活已经不能自理的病人。卢利亚对他进行诊断之后，发现他的疾病没有别的，就是因为他的大脑像计算机一样，只要看到的、听到的、经历过的，他都永远地储存起来，不会忘记；这样的超强记忆，导致他的大脑中各种信息错乱，大脑运转混乱不堪，完全丧失了正常的逻辑。

医生开的药方很独特：带他到一个荒无人烟的地方，蒙上他的眼睛，堵住他的耳朵，不再让他看到、听到任何东西，制止他的大脑再存入任何信息，强迫他的大脑恢复遗忘的能力。

从两个故事中我们可以看到，遗忘对于我们来说是多么重要。

我们要把自己的大脑当作一个会过滤的筛子，把那些让我们感动的美好留下来，而把那些烦恼和不快忘掉；把那些专门作祟的小人忘记，而把那些帮助过我们的人记住。

人的一生是有限的，我们大脑的容量也是有限的，如果我们学会了筛选和过滤，学会了忘记，只记住那些让我们感动和美好的事情，我们就是轻松快乐的人了。

瓦尔登湖的木屋

在19世纪美国的文化巨匠中间，有一位提倡回归本源、走进自然的作家梭罗，他与爱默生、富勒一样都是追求俭朴生活的一代宗师。

在哈佛大学毕业以后，梭罗摒弃了家里给他谋划好的传统意义上的事业，开始了一个漫游者的漂泊生涯。1845年，他来到了波士顿市郊的瓦尔登湖。他惊诧于大自然的造化神工：人间竟然有这样美丽的地方！周围宁静得可以听到一枚树叶掉落的声音，树木和空气都清新得像是被水刚刚洗过一样。他想，再也没有比这样的地方更适合读书、思考、写作了：没有人打扰，没有人间的喧嚣，时间也消失了。他选择了密林中的一小块空地，这块空地就在湖边，一边是密林，一边就是静谧的湖水。他开始盘算：要盖一间小木屋，需要多少木头、多少钉子、什么工具，还需要开垦多少荒地种植蔬菜和粮食养活自己。盘算好了，他到附近的镇上把一切都买来，自己到林子里用买来的锯子和斧头砍伐树木，然后动手盖了一间小木屋。他总共花费了28美元。

一直到1847年的冬天，梭罗就在这间小木屋里，在美丽的瓦尔登湖畔，在开垦荒地种植庄稼和渔猎的间歇，完成了伟大的文学巨著《瓦尔登湖》，梭罗也因此成为世界级的文学巨匠。

自然，他亲手建造的小木屋也成了人们神往的地方。可是，一间简易的小木屋能够支撑多久呢？风吹、日晒、雨淋，不久，小木屋就倒塌了。

如何重建小木屋，成为马萨诸塞州的难题。是修建一个规模宏大的纪念馆，还是仅仅恢复原状？后来，州政府听取了专家的建议，仅仅恢复原状，而且，同当年的梭罗一样，也花费28美元的造价！

小木屋很快就恢复了，与原来唯一不同的是，小木屋的门口竖立了一尊梭罗的铜像，他满头乱发，穿着脏兮兮的西装，深邃的眼睛凝视着远方的湖面。

尽管还是那个简易的小木屋，但是，从世界各地到这里来凭吊梭罗的人，没有一个人感觉那有损于梭罗的伟大。恰恰相反，人们在这里似乎看到了当年那个思索着的梭罗，听到了他在湖边散步的声音。

在距莫斯科不远的图拉附近，有一个庄园叫亚斯纳亚。在庄园里一条不起眼的土路旁边，有一个稍稍隆出地面的小丘。这个小丘周围除了茂密的参天大树，没有其他任何明显的标志，只在不远的地方插着一块很普通的小木牌。小木牌上刻着两行字：请你把脚步放轻些，不要惊扰正在长眠的托尔斯泰。

就是这样一块极普通的小木牌，就是这样一个普通得不能再普通的小土丘，每一天都吸引着仰慕这位大文豪的人来到这里，静静地站在土丘前，献上一束野花，表达自己由衷的崇敬之情。所有来到这里的人，都轻轻地从小土丘前走过，仿佛真的担心惊醒了沉睡中的托尔斯泰。

奥地利文学家茨威格在旅俄期间去拜访托尔斯泰的墓地，为这样一位文学大师有这样一座普通的坟墓而震惊，写出了那篇著名的文章《世间最美的坟墓》，对朴素的墓地下同样朴素的灵魂作了由衷的赞美。

还有德国的黑格尔，同样是世界文化领域里顶天立地的人物，但他的墓地同样普通。在德国柏林的一片极不起眼的公墓里，在杂乱拥挤的一座座坟墓中间，静静地躺着伟大的黑格尔和他的夫人。他的坟墓是18号，只是众多公墓中的普通一座，与周围那些不计其数的普通平民坟墓没有任何区别。

每一天来拜访黑格尔的人都很多，大家都费了很多周折才找到，但当站在这个普通的墓前，每一个人的精神和灵魂无疑都经历了一次洗礼和升华。

梭罗、托尔斯泰、黑格尔，无论是他们的故居还是坟墓，大概都是世界上最简易、最普通的了，却丝毫没有影响他们在全世界的声誉；恰恰相反，却让我们对他们更加崇敬和景仰。

谁都可以抛弃悲伤

萧伯纳曾经说过：悲伤的秘诀在于，你总是有足够的时间去为自己是否快乐而烦恼。

美国著名的心理学家乔林先生曾经有过一段这样的人生经历，正是这段经历启发了他，最终使他不仅走出了人生的阴影，而且在心理学方面有了卓越的建树。

乔林年轻的时候，有一年冬天开车去一百公里外的姑姑家探亲，可是路上遇到了暴风雪。在一个下坡道的拐弯处，他的车子突然失去了控制。灾难发生了，他的三根肋骨被摔断，其中一根还刺进了他的右肺，右腿完全断了，左臂被甩到了很远的地方。他被森林警察发现，送进新墨西哥州阿布奎基的一家军队医院接受治疗。

乔林心情郁闷地在医院的病床上躺了整整三个月，然而医生却说他的伤势完全没有好转，这使他非常恐慌。医生告诉他，是他过度的烦恼影响了身体的恢复。在事故发生之前，他性格开朗，朋友众多，生活丰富多彩。然而自从受伤以来，他天天躺在病床上，满脑子都是乱七八糟的想法。想法太多，烦恼也随之而来。他烦恼出院后还能不能回到原来的位置；烦恼自己会不会落下终身残疾；烦恼还有没有人愿意和自己结婚，自己是否还能够过上正常人的生活；烦恼他的朋友们是否因为他残疾了而不再与他来往。

医生告诉乔林，这种烦恼情绪每天给了他巨大的心理暗示，使他的生理机能难以恢复。既然知道了根源，就得想办法停止这种无休止的烦恼。医生建议他去一个适合疗养的地方慢慢疗养。他同意了医生的建议，转到被称为“乡村俱乐部”的病房里——那里的病人几乎可以自由活动。

到了“乡村俱乐部”后，乔林喜欢上了桥牌。在六个星期内，几乎每天晚上，他都和其他人搭档打桥牌。他为此还阅读了大量的桥牌书籍，成为一个名副其实的桥牌迷。同时，他还对油画产生了浓厚的兴趣，每天下午的3点到5点，都要跟随一位画家上绘画课。他还兴致勃勃地尝试雕刻肥皂和木头，并阅读相关的书籍。

乔林让自己忙得根本没时间理会原来的那些烦恼。同时，他开始阅读那些由红十字会赠送的心理学书籍，借以增强心理承受能力。

三个月后，医院的全体医护人员前来向乔林祝贺。他们说，他的病情大有好转，已经基本痊愈了，他的心理问题也没有了。那是乔林有生以来听到的最让自己感动的话，当时他几乎想放声大哭。

乔林突然间顿悟：事实证明，烦恼将会摧残你的身体。当你整天躺在床上为自己的病情和未来担忧时，你的伤势不仅不会减轻，反而会越来越严重。而当乔林沉醉于玩桥牌、学油画、学雕刻，将自己的病抛在脑后时，他的病情却大有好转，最终他迅速康复了。

半年以后，乔林完全康复了。虽然他的左臂没有了，右腿也落下了残疾，但是他的心理很健康，他认为那一点残疾算不了什么，他完全是一个健康的人。

尤其可贵的是，他在医院里系统阅读了心理学方面的理论书籍，结合亲身经历，开始了对心理学的研究。不久，在一家著名的心理学杂志上，他发表了第一篇心理学方面的论文。第二年，他又出版了让他成名的心理学论著《论人的悲伤》。论著引起巨大反响，他因此被哈佛大学聘请为心理学教授，成为著名的心理学家。

我们都有过心理上的悲伤，很多人也往往因为悲伤而难以自拔。了解了乔林的故事之后，我们就一定可以领悟：悲伤的原因在于我们自己的情绪。我们之所以悲伤，就如萧伯纳所说，是因为我们有足够的时间思考悲伤。

没有其他的捷径。让自己忙碌起来，让自己的生命中充满阳光，你就一定可以远离悲伤。

阳光照进你的窗口

1901年春的一天傍晚，一对年轻的英国夫妇，怀抱着不满周岁的婴儿，乘坐一艘船票廉价的破船，来到了美国东海岸宾夕法尼亚州的费城。

离开英国的时候，买完船票和路上的食品，他们的口袋里仅仅剩下500美元。可是，这对年轻人却怀揣着成为百万富翁的梦想。他们希望到这个崭新的大陆，也像他们的前辈那样，通过自己的努力，淘金成功。

他们到了费城郊外不远的一个小镇，在那里开了一个绸布庄。因为，就他们的500美元的原始资本来说，他们根本没有能力在费城留下来。而在那个小镇就可以，他们花50美元就租赁到了一个两层小楼的店面，一楼做铺面，二楼居住。然后，他们又花300美元进了一些绸布料子和一些必需的工具，绸布庄就正式开张了。

小镇不大，只有两千多居民，但是，绸布庄只有他们一家，而且他们两人都有很娴熟而精湛的手艺。没有多久，小镇上的妇女都成了他们家的顾客，甚至周边一些小镇上的妇女也跑很远的路来他们的绸布庄买布做衣服。

很快，他们把分店开到了费城，甚至开到了近邻的几个城市。到他们的孩子七周岁的时候，他们的绸布庄已经开遍美国东海岸的十几座城市，拥有500家连锁店了。这就是美国20世纪初最有名的丝绸连锁机构——以年轻的男主人的名字命名的潘尼丝绸店。而且，他们这个时候积累了大量的财富，已经是美国东部有名的丝绸大亨，是名副其实的百万富翁了。

他们大量进货，垄断了美国三分之二的丝绸行业。但是，就在这个时候，随着世界大战的爆发，美国的经济危机降临了，他们的绸布卖不出去，占压的大量资金没有办法回笼。很快，他们的大部分店面陷入严重亏损。不久，整个连锁机构入不敷出，他们彻底破产了。

所有的债主都上门来讨债，众人的指责声也纷至沓来。自从来到美国后一直顺风顺水的潘尼，心中充满无边的烦恼和焦虑，每天晚上都无法入睡，后来发展成患上一种难以忍受的疾病“带状疱疹”，浑身长满了刺疼的红疹。他去费城求医，医生开了很多药物，但是又告诉他，治疗主要靠自己对情绪的调节，药物只是辅助治疗。

可是，每天面对着债主的催逼、面对着人们的指责，他无法让自己安静下来，药物也没有丝毫效果，眼看自己的身体就要垮掉了。

这个时候，潘尼彻底绝望了，他感觉自己不会熬过这个晚上。等妻子和孩子睡下之后，他开始安排自己的后事。他分别给妻子和孩子写了如何处理财产的遗嘱，又分别给那些债主写了信，请求他们看在与他多年交情的份上，放过自己的妻子和孩子。

然后，他平静地躺下来，心情反而很轻松，默默等待死亡的降临。这一夜，他睡得很香甜。直到次日的早晨，妻子来叫醒他的时候，他竟然还在酣睡。

妻子叫醒了他，他十分惊愕。看着从窗口射进来的灿烂阳光，他自问：“我怎么没有死？我怎么还活着？我不是已经死了吗？”

妻子很纳闷：“你做噩梦了吧？你好好的，怎么能死呢？”

潘尼似乎恍然大悟，他感觉自己似乎一夜之间从地狱到了天堂，阳光照射进他们的窗口，他与别人一样拥有灿烂崭新的一天。他没有失去一切，只要自己的生命还在，他完全可以重新开始。他的失意和烦恼，不是别人给他的，是他自己种植在心里的。他能够熬过昨天，就一定能够度过今天，也一定可以迎来明天。

穿好衣服，走到门外，看着明媚的阳光，潘尼感觉自己的病完全好了。他告诉妻子：自己从今天开始第二次创业，把损失掉的挣回来。

此后，小镇上的人们又看到了那对艰苦创业的潘尼夫妇。几年以后，潘尼连锁机构重新在美国东部崛起。而潘尼，以91岁的高龄活到了1964年。

最后一对客人

在美国，没有人不知道这个故事。这个故事更是美国所有服务行业，尤其是酒店行业的必修案例。

这是旅游旺季的一个深夜，一对年迈的夫妇来到一家旅馆的前台，他们已经找了几家旅馆，都被告知客满没有房间了。可是，他们走了不少路，实在太累了，盼望着这家旅馆能有一间客房，让他们住宿一晚。

可是，当他们走近前台时，他们清晰地看到了前台放着一个醒目的牌子，上面是“客满”二字。值夜班的男侍者说：“老人家，真抱歉，我们的房间这几天被来自新加坡的一个旅游团包了，没有空房了。”

两位老人十分失望，他们对年轻的侍者说：“我们坐在你们这里休息一下。走路太多，实在太累了。”

侍者立刻走到老人面前，把两位老人扶到大厅的沙发上。

看着两位疲惫的老人，年轻的侍者若有所思。过了一会儿，他对老人说：“我有一个建议，不知道你们是否接受？”

老人似乎看到了希望，立刻请年轻人快讲。

侍者说，他晚上在前台值班，他住的房间有两张床，另一个同事因为休假，床也空着。老人如果不介意房间的条件差一些，可以住在他们的房间。

老人十分高兴，立刻同意。他们疲惫不堪，实在不愿意再去另一家旅馆碰运气了。

侍者很热心地把两位老人扶到了他的休息室，服侍老人们住下，打好了热水，关上门，悄悄地去工作了。

早晨，两位老人起床了，他们到前台去结账。侍者微笑着说："您住的房间不是旅馆的客房，所以我们是不会收您的钱的。"

这对夫妇用十分赞赏的口气对年轻的侍者说："你是每个宾馆老板梦寐以求的经理。或许改天我可以帮你在纽约买下栋大酒店，让你去做总经理。"老人说完，要了旅馆的详细地址之后，微笑着离开了。

一周以后，早已把这件事情忘掉的年轻侍者，收到了一封来自纽约的挂号信，信中说明他们是那晚住他休息室的老人，然后是一张邀请函和一张去纽约的机票——邀请他去他们那里做客。

到纽约之后，在机场，年轻人看到了来接他的两位老人。老人把年轻的侍者带到了第5街及第34街的路口，这个路口矗立着一栋华丽的新大楼。老人说："这是我们为你买下的酒店，希望你来做总经理。"

这家酒店，就是纽约最知名的希尔顿酒店。酒店于1931年开业，在年轻人的精心打理之下，渐渐成为身份和地位的象征，也是各国显贵来纽约下榻的首选。

这位年轻的侍者，就是后来国际上著名的酒店管理者乔治·波特，他成为奠定希尔顿酒店国际地位的首任总经理。

年轻的侍者，成就了希尔顿的伟业，更成就了他自己不凡的人生。值得思考的问题是，如果换成另外一个侍者值班，机会会降临到他头上吗？

但是，有一点是肯定的，乔治·波特即使不值那个夜班，他也一定会在另一个夜班中，遇到另外一个可以让他成功的故事。

大自然的哲学就是这样的，只有在最黑暗的夜晚才能看到最明亮的星辰，只有在人迹罕至的顶峰才会生长珍贵的雪莲。人呢？只有经历过最深重的磨难，才会有最深刻的成熟。

最美丽的星空

迟来的雪

一个冬天都没下一场雪。不论见到谁，大家都在问：什么时候下雪啊？可是，不论人们怎么望眼欲穿，雪都迟迟没有来。

快过完腊月了，人们猜测：俗语说“干冬湿年”，过年应该下雪了吧？可是，天气预报告诉大家，春节期间是晴好的天气，雪还是没有一丝影子。

很多人已经不抱什么希望了。大家想，也许，这个冬天就没有雪了。

但是，就在这样的时候，在马年刚刚开始行程的第六天，农历的初六，雪静悄悄地飘然而至了。

第一场雪都是这个样子的。开始的时候，人们以万分的惊喜欢迎它。多半年没有见到它的身影了，人们像期待一个老朋友一样盼望着与它重逢。但是，它却总是像捉迷藏似的，羞赧地躲藏在云层的后面，躲藏在树梢的上面。可是，不经意间，它又铺天盖地而来，飘飘洒洒，迅速弥漫在天地之间。

在济南生活了20多年，每年的第一场雪，我是一定不会错过的。而今年城市迎来的第一场雪，又有特别的意义。一个冬天没有下，开春就是一场漫天大雪。雪悄悄地下了一整夜，早晨醒来推开窗子，窗子上、树上，到处是厚厚的积雪。我即刻叫醒妻儿，赶快下楼去赏雪。可是，我又想，楼下这样一点儿空间，哪里有天地弥漫的雪景啊！雪的壮观，雪的景色，都是在漫无边际的旷野里。

没有任何异议，三口人决定开车去城南的旷野，去山坡下，去湖边。

过了外环路，就是漫无边际的旷野了。我们全然没有了刚刚下楼时的畏缩，眼前白雪皑皑的万千景色，让我们迅速丢掉了所有的矫饰和矜持，冲出车子，在那白色闪光的雪地上来回地奔跑起来。路边、山坡上的树和冬青，都变成一个个蘑菇或雪人。我欣赏着远山那洁白的妩媚，妻儿打起了雪仗，旷野的上空不时传来他们激动的呐喊。

然后，我们去湖边，沿着湖岸的公路前行，慢慢欣赏着这里的宁静。在这样的雪天，是一定要看看宁静的湖水的。当四周的山峦都被大雪覆盖，湖水却比往日更加澄澈，在这样的时刻，它俨然是一位思考着的哲学家。

整整一个上午，我们完全陶醉在银白色的旷野里。当我们返回的时候，街道上的积雪已经打扫干净——城市里的雪景总是短暂的。

但是，对于我来说，每年的第一场雪都是一件大事，是一个充满魅力和惊奇的事件。你在平常的世界里进入梦乡，可是，当你醒来的时候，却处在完全不同的另一个世界里，这样的神奇能不让人感到万分震撼吗？而且，这一切都不是在轰轰烈烈中完成的，而是在我们熟睡的时候，无声无息地，一点一点慢慢飘落下来。

想到这些，你能够不相信造化的神奇、不折服于大自然的鬼斧神工吗？

（本文刊登于2014年2月15日《人民日报》，并选入苏教版七年级上册试卷）

秋意在一个多雾的黎明溜来

秋意在一个多雾的黎明溜来，到了炎热的下午便不见踪影。广袤的北方，一到了秋天，最明显的就是颜色的变化。似乎是一夜之间，漫山遍野的绿色都变成了满眼金黄。金黄色的叶子和金黄色的果实，在金黄色的土地上，演奏起金黄色的乐章。

这一切都是从一枚落叶开始的。在某一天的清晨，你像平日一样起来晨练，突然发现踩着了一枚叶子，或许是梧桐的叶子，或许是槐树的叶子，或许是白杨的叶子。叶子是金黄色的，静静地躺在地上。下意识里就想起了“一叶落而知天下秋”，你蓦然醒悟：秋天来了。这个时候，走在任何一条小路上，你都会闻到弥漫在空气中的轻微的茴香气息，还有金菊的芬芳气味。

秋天并不是一下子就占据了统治地位的。就在气温下降了十几摄氏度，你赶快加了衣服，以为冬天快来的时候，温度又慢慢回升起来。阳光看上去温存愉快，大地一片祥和。但是，这样的天气大多是靠不住的，温暖的日子没有几天，灰色的日子又来了，风起劲地刮起来。接着，又是一夜散乱的犹如游丝一般的细雨，粗硬的灌木也开始变黄，山坡上和旷野里稀疏的草绿色彻底消失得无影无踪了。

秋天的田野里到处都是农人的身影，一车一车成熟的庄稼行进在弯弯的乡间小路上。间或会有几声欢快的歌声传来，那是农人发自内心的喜悦。天空中有飞翔的天鹅，有排成人字形南飞的鸿雁。湖里是成群的野鸭。它们就像一片阴森的云朵，使秋天显得更加苍郁了。

成熟的庄稼在几天之间就消失在了村落里，粮食都装进了农民的粮仓里，有金灿灿的豆子，有金黄色的玉米，还有各种各样的杂粮。农民把小麦种上，然后就等着度过一个漫长而悠闲的冬季了。

当一个个伤感的文人正感叹着季节的无情之时，正在旷野里收获着庄稼的农人，却唱着一年中最欢乐的歌。辛勤的汗水结出了丰硕的果实，艰苦的付出得到了加倍的回报，一年的希望变成了沉甸甸的现实，幸福的脸上怎能不挂满欢欣和喜悦！

没有一个季节像秋天那样色彩斑斓。秋天就像一个高明的画师，那么纵臂一挥，大地上的颜色立刻就如一幅巨画一般涂抹得恰到好处。松柏依然是苍翠的绿色，却增添了漫山遍野的金黄，增添了艳丽的火红，更不要说挂满枝头的果实、妖娆芬芳的菊花、骄傲地昂首大地的高粱。没有一个季节像秋天这样色彩缤纷，没有一个季节像秋天这样果实累累，没有一个季节像秋天这样丰富繁盛，没有一个季节像秋天这样祥和、温暖和安静。

秋天的美好更在于它迷人的澄净、它的干净如洗、它的爽朗开阔、它的泾渭分明，还有它那弥漫在空气中的果实的气息。还有秋天的湖，别有一番情致，夏天的汪洋恣肆早就沉到了湖底，深邃澄净，波澜不兴，意境高远。

最让人陶醉的，是镶嵌着金黄色花边的向日葵。圆圆的脸盘里，挤满了饱满的果实，争相向太阳展示自己。那种毫无保留的宽阔胸怀，让人肃然起敬。

北方的秋天和南方截然不同。北方的秋天是多彩的、饱满的、丰硕的、干冷的。凌厉的秋风使树木落下片片黄叶，只剩下自己强硬的枝干。花草都隐藏到了大地深处，松软的黄土地一览无余地裸露在阳光下。南方的秋天季节特征并不明显，树叶依然是苍翠的绿色，没有火红的枫叶，也没有高贵的金黄，到处是四季常青的植物，唯一不同的，大约只有人们的心境。

我最喜欢王勃那句写秋天的诗句“落霞与孤鹜齐飞，秋水共长天一色”。落霞从天而下，孤鹜由下而上，高下齐飞。秋水碧而连天，长空蓝而映水，水天形成一色。王勃把一个辽阔秋天的意境写到了极致。岑参的“长风吹白茅，野火烧枯桑”，写的是深秋原野的景象：大风吹卷着原野上的茅草，野火烧着枯萎的桑树。但是，他的意境太过苍凉了，远没有李白“长风万里送秋雁，对此可以酣高楼”的豪迈。

灿烂的季节，斑斓的色彩，只属于城市之外的旷野，只属于黄土地上的生灵，只属于美丽的故乡。

绿色的风

当残冬仅剩下最后一丝苍凉时，我的血液中涌动起一股温热撩人的春潮。回望那片被严冬压抑了整整一个季节的心灵的原野，心中的闷愤与不平再也难以接受强加的克制。春天来了，绿色苍翠的生命复苏了，希望的机会一个个迎面来了。这个时候，我已经等了很久。

我知道，春天的风是希望的家园。荒芜苍凉的土地因春风的吹拂而有了绿意，那无数弱小的生命在春风中挣扎着破土而出，又比肩接踵地向着辽阔的蓝天竞发。一株弱不禁风的幼树，会因春风的扶持而渐渐强壮，向着高大伟岸挺进；那浩瀚的森林更不用说了，一夜之间，春的消息传遍林中，无边无际的茂密又在春风的拂煦中生长。没有什么比河水更理解春风的美意，死气沉沉的水流即刻奏起美妙动听的乐曲。春风中，一颗饱经沧桑的心灵振作起来了，这是自然的恩赐。万物复苏的季节，你有什么理由让它逃掉呢？

夏天是严酷的，秋天是沉重的，冬天的日子让生命的希望都消失在远方。在每一次遭遇厄运的时候，我一直在想，季节是更替运转的，不论冬天多么冰冷与无情，春天总会来的。难道厄运之后依然还是厄运吗？

在那些时候，我发现身边许多同我一样遭受了磨难的人低下头颅，有人甚至永远地躺在了冰雪之中。我听到过一句这样的哀叹：我为什么总是不幸呢？当时，我从内心深处发出一声怒吼：站起来！冬天之后不就是春天吗？

太阳每天都会升起，黑夜之后即是黎明，春天不是一个遥远的日期。只要有种子存在，一切就有希望。当春风吹来时，种子就会在春的沐浴中绽出嫩绿，结出硕果。这是季节给予生命的全部含义。

春天首先是一个季节，它给予我的一直是受用不尽的生命运动的命题。春天更重要的是一个充满希望、重新开始的季节。在这个季节里，我尽可能将过去所有岁月中的不幸与磨难抛到生命之外，重新赋予生命一种全新的意义。

辽远的大地上已经有了一丝绿色的影子，我为此而激动不已。一棵衰草都能改变自然的颜色，何况我这五尺男儿呢？

绿色的春风吹来了，我昂起头颅，伸出有力的双手。

（本文选入湖北省麻城市闵集中学九年级语文上册期中考试试卷）

亲情鸟

在地球最北端的格陵兰岛上，有这样一种鸟：假如你逮住了母鸟，用不了多长时间，它的孩子们一定会千方百计地飞来寻找它们的母亲，不论你把母鸟藏到哪里、带到多远的地方；同样，假如你逮住了雏鸟，不论你把雏鸟带到哪里，它们的母亲也会千方百计地寻找到它的孩子。

格陵兰岛的大部分土地都在北极圈以内，土地长年冰封，人们主要以狩猎为生。要按我们一般的想法，岛上的猎人只要想办法逮住母鸟或雏鸟，坐在家里等着大批的鸟自投罗网就可以了，这是何等事半功倍的事情啊！但是，格陵兰岛上的居民们没有这样去做，而且，千百年来，岛上从来也没有人去射杀这种鸟。这个传统一辈一辈地流传下来，成为格陵兰岛上不成文的法律。

格陵兰岛上几乎没有两三口人的小家庭，大都是几十口人的大家庭，直到实在是住不开了，才恋恋不舍地分开居住。人们说，连鸟都知道亲情团圆，都知道千里相随，我们为什么要骨肉分离呢?

岛上的大部分居民还处在半原始的生活状态，但几乎所有到了这个岛上的人，都被他们注重亲情、和睦相处的情景震惊。

岛上几乎没有什么法律，但他们却和睦快乐地生活着。医者给人治病，都会凭着自己的良知倾其所能，因为他们知道，在病人的家里，许多亲人正在焦急地盼望着。做生意的都不去做坑人、骗人的勾当，因为他们知道，假如是坑骗了孩子，会令他们的父母痛心；而坑骗了父母，会连累他们的孩子。整个社会，所有的人都在这么想：每一个人都是有父母有孩子的，都有许许多多的亲人在牵挂着，不能做伤害人、让人痛心的事情啊。

听到这个故事的时候，我明白了这个岛上的人们，为什么一代一代地要他们的子孙恪守保护这种鸟的传统了。因为正是这种充满亲情和眷恋的鸟，给了他们巨大的生命启示，使得常年冰冷的格陵兰岛充满和谐与温暖。

穿过月光重重

我的梅园因为刚刚建好才一年多的时间，宽阔的院子里栽种的几种树木都还没有成荫，只要是有月光的晚上，无边的月光无遮无拦地倾泻下来，满院子里都是明媚的清辉。

只要是这样的晚上，15岁的孩子必定为美丽的月光所吸引，兴奋地喊我："爸爸，快来看，月亮在我们院子里升起来了。"然后，孩子又会问："爸爸，我们在城市里这么多年，怎么没有见过月光呢？"

是啊！在城市里出生、在城市里长到15岁的孩子，哪里见过月光呢？每天傍晚放学回家，那个家隐藏在无数高楼中的一个"盒子"里，没有天空，没有院子，哪里会有月光的空间呢？

我理解孩子看到月光的惊喜，那是一个青葱少年对大自然美好风光的感动，是一个少年诗性灵感跳跃的欢欣。

仰望着满天的星月，看着孩子发自内心的欢喜，我的心灵也被深深地感动。我对妻儿说："走吧，我带你们去村庄里，去看我幼时生活的院子，去看我幼时夜晚玩耍的场院，去感受我少年时代的漫天月光。"

街道上，月光重重，人影稀少，树影婆娑。我们三人沐浴在月光下，漫步在微风中，呼吸着清新的空气，感受着安静祥和的乡村气息。孩子用新奇的目光打量着陌生的世界，不时问询着自己不解的景象。我走在前面，不停地介绍着孩子叫不上名字的树木、孩子不熟悉的街道和胡同，似乎回到了多年以前那些天真烂漫的夜晚，一种历经沧桑、恍若隔世的心境绵绵而来。

我知道，这是经历了岁月的无数悲欢之后才有的心情，是饱尝了人世冷暖之后才有的安宁。

胡同的尽头，是一座破旧的土院子，它像一位沉静的老人安坐在月光下。大门前两侧各有一棵合抱粗的老榆树。普通的木板门敞开着，似乎在静静地等待着远方的亲人。

我对妻儿说，这里就是我儿时生活的家，我在这里生活到18岁。18年的岁月里，每一天，我都在这个院子里进进出出。院门口的榆树还是当年我栽的小树苗——是我从村前的河边移植来的树苗——长成的。当年栽种的时候，我对母亲说，等树长大了，我就用这两棵树当房梁，盖新房，娶媳妇。

当年住在这个院子里，记不清有多少次看着月亮冉冉升起。一到晚上，吃过晚饭，月亮就从远处的山顶、从村头的树梢上，穿过薄薄的云层，悄然悬挂在了院子的上空。刚刚暗下来不久的村子，又明亮起来。但这时的明亮与白天的截然不同，到处都是朦朦胧胧的，像挂着一层轻柔的薄纱。一切都宁静下来，天空像拉上了一幅巨大的黑色帏幔，一轮硕大的玉盘向大地挥洒着无边的清辉，地面宛如铺上了一层厚厚的水银；空中的风也没有了白天的强劲，变得清爽柔和起来了。

院子里有两株枣树。我记事的时候，枣树就已成年了，树冠遮盖了半个院子。夏天的夜晚，全家就围坐枣树下面的桌子旁乘凉聊天。枣树的叶片小，树叶也不稠密，有月光的时候，月光就从树叶丛中漏下来，如夜里有人坐在桌前，身上就披上了一身月光。

我们那些孩子最盼望着天黑，草草地吃了饭，就旋风般地跑出家门，聚集到村边的场院里。场院里到处都是柴草堆，一个个地堆放着，有一间间供看护场院的人住的简易土房子。我们就在月光下玩起了打仗、捉迷藏的游戏。如果是没有月光的晚上，父母就不会让孩子出门，因为到处都是漆黑一团，父母担心摔着孩子。只要是有月光，孩子们就自由了。

月光使宁静的乡村变成了情趣盎然的田园诗，变成了精美绝伦的山水画，变成了悠扬舒缓的小夜曲。有了月光，乡村就不寂寞。月光照耀下的每一块土地、每一棵树、每一棵草，都饱含令人神往的诗情画意。

妻儿都是第一次到我旧时居住的院子。现在那里早已换了主人，我们没有打扰人家的宁静，就趁着月光回到了我们的梅园。梅园素墙黛瓦，在月光下更显得静谧而安详。

月光重重，我心灵的港湾，我美丽的家园。

秋日的思索

山坡上那些树木的叶子，经历了几场绵绵的秋雨之后，越来越稀疏了；蓊蓊郁郁的、浓浓的绿色，渐渐变成了金黄。山路边的野草，也歪歪倒倒地衰败起来，没有了夏天里蓬勃向上的生机盎然。在这样一个微风中的下午，独自在这条寂静的山路上随意地漫步，一种无边的苍凉和忧郁扑面而来。

一

沐浴着秋日的阳光，心被一个伟大的名字燃亮，他就是德国哲学家康德。他出生于柯尼斯堡，是近代西方哲学史上划时代的哲学家。康德深居简出，终身未娶，一辈子过着单调刻板的学者生活，直到1804年去世，从未踏出过出生地半步。因此，诗人海涅说："康德是没有什么生平可说的。"

康德生活中的每一项活动，如起床、喝咖啡、写作、讲学、进餐、散步，每天的时间几乎从未有过变化，就像机器那么准确无误。每天下午3点半，康德便会踱出家门，开始他那著名的散步，邻居们纷纷以此来校对时间，而教堂的钟声也同时响起。他的一生中只有一次例外，当他读到法国浪漫主义作家卢梭的名著《爱弥儿》时，深为所动，为了能一口气看完它，不得不放弃每天例行的散步。这使得他的邻居们竟一时搞不清是否该以教堂的钟声来对自己的表了。

一如那个时代的许多伟大的德国学者一样，康德的家境也很贫寒。这位大哲学家经常声称，他最大的优点是不欠任何人一文钱。他曾很自豪地说："当任何人敲我的门时，我可以永远怀着平静愉快的心情说：'请进。'因为我肯定，门外站着的不是我的债主。"

想着康德的时候，我的内心充满崇敬。在我们今天的时代里，这样的哲学家已经绝迹了。我们中间还有谁能够放下眼前的物质欲望和虚荣，每天在乡村的小路上散步，每天这样用深邃的目光仰望星空？

二

人到中年，就渐渐明白了很多事情。对于很多人来说，时间最终会证明他们当初的选择。我们看到很多身边的人，当初那种意气风发的气质消失了，变成了芸芸众生中的一个普通人。我们也能够看到另外的一些人，他们人生的起点很低，几十年来一直默默无闻，可是，突然间，他们在生活的某一个高地上大放异彩。这样的时候，我们就应该思考：很多人的选择是急功近利的，他们只是着眼于眼前的蝇头小利；而有人的选择却是终生的，他们给自己设置了一个终生的目标，然后就是一往无前、矢志不渝的求索，他们最终聚沙成塔，成为人生路上的胜利者。

以《百年孤独》享誉世界的哥伦比亚作家马尔克斯，年轻时供职于一家报社，他因为撰写了一篇揭露海军走私的新闻引火烧身，不得不狼狈逃窜，亡命巴黎。

他穷困落魄，举目无亲，在巴黎拉丁区的贫民窟里游荡。他没有工作，一人不识，一文不名，更糟糕的是他不懂法语。他白天到街道上和巷子里捡一些空酒瓶或旧报纸，以换取少量的食物充饥；夜晚就住宿在一家名为弗兰德的旅馆里。他没有钱支付旅馆的押金，旅馆的老板拉克鲁瓦夫妇给他找了一间位于楼梯下面、刚刚能放下一张床的储藏室，让他暂时居住。而且，每当看到马尔克斯出去转了半天却空手而归时，这对夫妇总是会拿一个面包给他。

但是，拉克鲁瓦夫妇怎么也不会想到，这个落魄至极、穷困得连吃饭睡觉问题都解决不了的流浪汉，在他们免费提供的储藏室里，正思索着伟大的巨著《百年孤独》。1967年，在巴黎的流浪岁月里，在极度困顿的生活境遇中，马尔克斯以常人难以想象的毅力，完成了他的《百年孤独》。他因此而一夜成名。

一天，身处巴黎五星级酒店的马尔克斯突然想起了拉克鲁瓦夫妇。他决定去偿还欠他们多年的房钱。当马尔克斯突然出现在拉丁区的弗兰德旅馆时，拉克鲁瓦夫妇一脸茫然，怎么也无法将眼前这位西装革履、彬彬有礼的绅士，同曾经居住在储藏室里的流浪汉联系起来。马尔克斯很是费了一番工夫，才让这对善良的夫妇相信了自己，并收下了他的欠款。

生活总是给我们开着这样的玩笑：不要轻易地蔑视一个潦倒的人，因为他眼前的落魄可能就是他人生黎明前的黑暗，说不定哪一天，他就会光芒万丈。

三

人生最难得的是什么？是有益的经验还是惨痛的教训？都不是，难得的是我们的怆然回首，是我们的心灵顿悟。

我有一位朋友是一家电视台的知名记者。他所在的新闻部，与他资历相当的有三个人。这时候，有一个机会，领导要从他们三人中间任命一位新闻部主任、一位高级职称的记者。他们三人平时的关系一直都处得很好，在一起共事好多年了，都很融洽。可是，自从有了这件事之后，他们的关系变得微妙起来，感情和友谊都抛到一边去了，大家变得生分甚至互怀敌意。就在这个时候，我的朋友有一次雨天去外地采访，出了车祸，差一点就要了命。朋友说，他躺在病床上，天天都在想：人的命假如都没有了，还争什么呢？只有健康的生命和快乐的生活才是最重要的。出院以后，他主动找到台里的领导，说自己因为身体原因，请领导不要考虑他了，他只希望当一名尽职的记者。我的朋友说，他没有当上主任和高级记者，但他同以前一样快乐，同两位同事的关系也变得更加融洽。

我想，朋友会拥有一生的快乐和幸福，因为他在遇到一个人生小坎的时候就顿悟了，而没有像许多人那样，直到不可收拾才幡然悔悟，却为时已晚。大梦初醒其实只是一念之间的事，但许多人却用了一生的时间。

眼前出现了一个由茅草和树木搭建起来的小木屋，屋子的前面是一个篱笆院子，院子里种满了各种不知名的花草和树木。屋顶上的烟囱里有袅袅的炊烟升起来。这温暖的景象让我感动。

太阳落山了，风起来了。

美丽的云

谁没有看见过飘荡在蓝天之上的云？在没有风的时候，天空是那种明媚的半晴天，一朵朵洁白的云在蔚蓝的天空中缓缓飘过。不论是谁，抬头看着这样的情景，都会心生喜悦。

云的美丽，因为地域环境的不同而有很大的差异。北方的云与南方的云不同，高山之巅的云与大草原上的云也不相同，乡野的云与城市里的云更加不同。

我登上过云南丽江的玉龙雪山。它是北半球最南的大雪山，高山雪域风景位于海拔4000米以上的地方，主峰海拔5596米。我去的时候是孩子放暑假的时候，正是夏天，但是玉龙雪山依然不负其名。蓝天下的雪山，云蒸霞蔚，玉龙时隐时现；碧空如水，群峰晶莹耀眼；云带束腰，云中雪峰皎洁，云下岗峦碧翠；雪峰如披红纱，娇艳无比。站在雪山之上，实在分不出哪是云彩、哪是冰雪，是山峰在摇还是云彩在飘。

云为雪山增添了不尽的神奇。雪山不但巍峨壮丽，而且随四时的更换、阴晴的变化而风景各异。时而云雾缠绕，雪山乍隐乍现，似犹抱琵琶半遮面的美女神态；时而山顶云封，似乎深奥莫测；时而上下俱开，白云横腰一围，另具一番风姿；时而碧空万里，群峰如洗，闪烁着晶莹的银光。在这里，云彩成为一位艺术大师，稍微地变化，就让雪山呈现出另一种风景。

泰山的云与玉龙雪山的云就截然不同了。它没有雪山之巅的云那般千变万化，却独有雪山所没有的云海波涛。那里的云被称为云海。云海多出现在夏秋两季。夏季多云雨，云海时隐时现。当云海与山风同时出现时，还会形成漫过山峰的“爬山云”和顺坡奔流直泻的“瀑布云”。

但凡登泰山的人，都会盼望着能够在山顶欣赏到泰山有名的日出奇观。这样的机会，就要感谢泰山的云海。没有云海的出现，就不会有壮丽的日出。我曾经有两次机会目睹过泰山的日出。山顶之上，云海沸腾，一轮红日冉冉升起，你不能不感慨大自然的造化与神奇。

庐山的云更加奇异，人们称为庐山云雾。因为，在庐山，究竟哪里是云、哪里是雾是很难分别的，云和雾纠结缠绕在一起，人们就干脆称之为云雾了。山上产的茶，当地人也命名为“庐山云雾”。庐山上的云雾，在山下看是云，很像山顶戴帽或是云雾缠腰；站在山上往下看，则是雾，由山谷冉冉升起，忽从头上轻轻掠过，自己不觉之中就处于浓雾之中了。清代作家张维屏曾经写道，庐山云雾“瞬息之间，弥漫四合，其白如雪，其软如绵，其光如银，其阔如海，薄或如絮，厚或如毡，动或如烟，静或如波”。可见庐山云雾的万千美景。

北方的云与南方的云是不同的。北方的云彩就如北方的男人，厚重而深沉，大气而豪迈，一来往往就是雷霆万钧，气势磅礴。南方的云彩颇像南方的女人，水灵而活泼、灵巧而优雅，来时也是斜风细雨、淅淅沥沥。

我曾经多次在飞机上欣赏天空的云。在飞机上看到的云与在地面上看到的云真是天壤之别。在地面上看到的云是一片一片的、一朵一朵的，是随风飘荡的；在飞机上看到的云却是一堆一堆的，大的像高耸的山峰，小的像一个个蘑菇，都是静止不动的。

在乡村的旷野里看云，实在是一种难得的享受。大片大片的云在蔚蓝的天空中飘浮，那种闲适和悠然，让人物我两忘、尘念顿消。

在大草原上看云就更是一种人生的美妙境遇了。洁白的云高悬在碧绿的草原之上，一群群牛羊在草原上悠闲地踱步，牧民的蒙古包像一个个可爱的蘑菇。看着看着，你自己似乎就入了美丽的画卷之中。

云给了我们太多的想象和灵感。没有早晨的云，哪里会有充满希望的朝霞满天？没有傍晚的云，哪里会有“夕阳无限好，只是近黄昏”的晚霞之美？

“荷塘月色”与“桨声灯影”

朱自清先生的名篇《荷塘月色》与《桨声灯影里的秦淮河》，心仪了几十年，一直渴望着有朝一日，能够到北京的清华园亲眼看看当年先生“日日走过的荷塘”；能够到南京的秦淮河上，像朱先生那样“领略那晃荡着蔷薇色的历史的秦淮河的滋味”。

就在不久之前，我恰巧有了两个机会，去了清华园里的荷塘边，也去了南京的秦淮河。

荷塘就在清华园内的清华医院对面。穿过大礼堂门前的广场，从游泳池到“工字厅”，就是一片很大的荷塘。站在荷塘边上，这里依旧是当年朱自清先生看到的模样：“荷塘四面，长着许多树，蓊蓊郁郁的。”想象当年朱先生所描写的：“叶子出水很高，象亭亭的舞女的裙。”“层层的叶子中间，零星地点缀着些白花，有袅娜地开着的，有羞涩地打着朵儿的；正如一粒粒明珠，又如碧天里的星星，又如刚出浴的美人。”朱先生写荷叶、写荷香、写月光，都把景色写到了极致。

朱自清先生1925年8月到清华大学任教，开始研究中国古典文学，并开始散文创作。《荷塘月色》是他1927年写的。他深夜漫步于清华园的荷塘岸边，创作了《荷塘月色》。

1982年，为纪念朱自清先生在此写下的《荷塘月色》，清华大学在荷塘环绕的近春园小岛上建了一座亭子，命名为“荷塘月色”亭。特别值得一提的是，这几个字出自朱自清先生的亲笔。

据清华的朋友介绍，当时亭子建成后，金德年教授受清华大学委托书写匾额。金教授经过几天的努力书写了若干“荷塘月色”匾名，但总觉得不很满意。最后，他通过校史馆查找朱自清先生当年的笔迹，在存世稀少的朱先生不同时期的手稿中发现了“荷”“塘”“月”“色”四个蝇头小字。金教授通过分析四个字的笔法和朱自清先生运笔规律以及书写习惯，最后终于组合成功。

漫步在荷塘岸边，我对于这片荷塘不禁有了深深的钦佩和神往。一片普通而自然的风景，因为一位大师的描写而声名远播，后人又以建亭子这样古人的方式来纪念，真不枉朱先生的文笔，也当是文坛的一段佳话。

到南京，第一件要事就是去游秦淮河。我知道秦淮河大部分在南京市境内，被视为南京的“母亲河”。秦淮河分内河和外河，内河在南京城中，是秦淮最繁华之地，因此被称为“十里秦淮”。这里又因素为“六朝烟月之区，金粉荟萃之所”，更兼十代繁华之地，所以有了“第一历史文化名河”的名头。

但是，我相信，真正让秦淮河妇孺皆知的，不仅仅是这些因素，还有朱自清先生的名篇《桨声灯影里的秦淮河》。

来秦淮河，我是冲着朱先生的文章而来，是来听桨声、看灯影的。可是，我们一行人找了半天也没有找到人工摇桨的小船——不论大船小船都是马达的。我的兴致减了很多，我对朋友们说，就坐在突突作响的船上想象当年朱先生的描写吧。

“我们雇了一只‘七板子’，在夕阳已去，皎月方来的时候，便下了船。于是桨声汩——汩，我们开始领略那晃荡着蔷薇色的历史的秦淮河的滋味了。”

没有了桨声，但是，当年朱先生描写的水面的景色还是依稀有的：“秦淮河的水是碧阴阴的；看起来厚而不腻，或者是六朝金粉所凝么？我们初上船的时候，天色还未断黑，那漾漾的柔波是这样恬静，委婉，使我们一面有水阔天空之想，一面又憧憬着纸醉金迷之境了。等到灯火明时，阴阴的变为沈沈了：黯淡的水光，像梦一般；那偶然闪烁着的光芒，就是梦的眼睛了。”

欣赏着眼前的粼粼波光，我们也仿佛与朱先生一起沉醉在这美妙的幻境之中。

“六朝金粉”的秦淮河，虽然随着历史长河的流淌逐渐失去了昔日的风韵，但是，朱自清先生一篇《桨声灯影里的秦淮河》，以独具匠心的浓墨重彩，让她再次展现了浓妆艳丽的风采。

秦淮河究竟是从什么时候进入文人的视野的？这不好考证，但是，至少有上千年的历史是毋庸置疑的。唐人杜牧的《泊秦淮》算是较早的诗作：“烟笼寒水月笼沙，夜泊秦淮近酒家。商女不知亡国恨，隔江犹唱后庭花。”

清康熙年间余怀在《板桥杂记·秦淮灯船》中描述秦淮灯船之盛况，至今余音绕梁：“秦淮灯船之盛，天下所无。两岸河房，雕栏画槛，绮窗丝障，十里珠帘。”

有意思的是，散文大家俞平伯先生也写过同题散文，也是名篇。两篇文章异曲同工，自成一格，各有千秋。朱自清的文章以气贯长虹之势写下来，开门见山，带我们进入一个全新的秦淮河。俞平伯的笔触则更拟人化、诗化，文言文的风格重一些，但是写得跌宕起伏，文笔也十分精练。

朱自清先生的文章开篇就交代：“一九二三年八月的一晚，我和平伯同游秦淮河；平伯是初泛，我是重来了。”可以想象，两人也许是有一个约定，游览之后要打擂的。不过，这个擂是打成功了，两人的文章都成为散文名篇，也成就了浪漫的秦淮河。

最美丽的星空

早就听人们说，在济南南部山区的七星台能看到世界上最美丽的星空。

就在不久前，恰好一个笔会安排在了那里。一个早就心仪的地方，我自然愉快地接受了邀请。

沿盘山路一路而上，七星台就坐落在几座山顶之间的一个平台上，醒目的海拔标志石上镌刻着“海拔678米”。

山顶的风景自然是无须说的，杂花生树，怪石嶙峋，一望无际的苍翠，尽收眼底的山色，雄伟的齐长城，巧夺天工的鹊桥，一览无余的壮美！只有一条窄窄的小柏油路连接着外面的世界。

晚上的时候，人们都在房间里看电视，我却没有。我看看外面，那是一个伸手不见五指的黑夜。我突然发现，已经有很多年没有见到这样的黑夜了。多年以来，一直居住在城市里，夜晚到处都是明亮的灯光，无论出行还是散步，到处都如同白昼，哪里有这样漆黑的夜晚的样子。居住在同一个房间里的哲学博士也有同感，他说：“我们不能放过这个机会，我们应当到这样的夜里去散步，感受感受真正的夜晚。”

出了山庄的大门，就立即进入山林中漆黑的夜了。这样的黑夜只是在我的记忆中有过，那是多年前，自己还是一个乡村少年，在老家的时候。那个时候，只要没有月光，夜晚都是这个样子的。但是，自从到了城市，这样的夜晚就再也没有见过了。我们凭着白天的记忆，寻着山路往前走。博士说："鲁兄，你抬头看看这灿烂的星空。"透过稀疏的树枝，整个星空出现在我们的视野里。那一颗颗星辰，耀眼地悬挂在天空里，闪烁着璀璨的光辉。在我的记忆里，它们从来没有这样明亮过，从来没有这样醒目过。无边无际的苍穹上，无数的星辰争妍斗奇，一条宽阔的银河横亘在天空里，一个个美丽的传说这个时候都跳跃着出现在我脑海里：七星马勺，牛郎织女……

我们看了很久，在这个漆黑的夜晚，在这样一个幽静的七星台的山顶，在这样一个没有任何灯光的地方。博士说，我们今夜里看到的星辰是最明亮的。我说，是的，因为我们是在一个最漆黑的夜晚。夜晚的星辰，是大自然赋予我们的多么珍贵的美景，但是现代文明却让这美景消失了，我们的孩子就再也没有机会在葡萄架下听老奶奶讲牛郎织女的故事了，他们哪里见过这样浩瀚灿烂的苍穹、这样璀璨美丽的星辰？

只有在最黑暗的夜晚，才能够看到最明亮的星辰，博士说。他又告诉我，他在几年前曾经去新疆的天山参加一个学术会议，在那里他曾经有过同样的领悟。他知道天山上有珍贵的药材雪莲，就想着在游览天山的时候去采。那一天，他同几个朋友已经爬了很高，遇到了采雪莲下来的当地人。他问他们到哪里才能去采雪莲，他们说，因为雪莲是最珍贵的药材，所以不会长在人们都能够找到的地方，它长在人迹罕至的顶峰，在最险峻的地方，一般人是到不了那里的。

我同博士相视而笑。是的，大自然的哲学就是这样的，只有在最黑暗的夜晚才能看到最明亮的星辰，只有在人迹罕至的顶峰才会生长珍贵的雪莲。人呢？只有经历过最深重的磨难，才会有最深刻的成熟；只有经历过最艰苦的奋斗，才会有最伟大的成功。

回来很多天了，关于济南七星台美丽的星空，我一直没有动笔，因为在我看来，不论多么美丽的文字，一旦出手，就会让这美丽的星空打了折扣。但是，那无边的壮美，却又如一坛陈年的老酒，在我的记忆中不断发酵，终于还是形成了这篇文字，分享给没有到过七星台的朋友。

乡 愁

我们每一个人的心灵深处，都有那一抹挥之不去的淡淡的乡愁。

乡愁从什么时候起占据了我们的心田？它从我们离开母亲的怀抱，走进学堂的那一刻，就如一粒种子，在我们的灵魂深处开始生长了。

我们离开故园，离开故土，以至离开故国，乡愁就如一根绵长的线，越来越长，渐渐成为心灵深处的一坛陈年老酒。

其实，当我们渐渐年长以后，我们发现，乡愁不仅仅是我们思念故园的情怀，还是我们对于已经消逝的难忘经历的眷恋、对于蒙昧孩提时代的记忆。

这些情怀，在我们每一天沉浸于自己的生活节奏中的时候，隐藏在我们的心灵里暗暗发酵。当夕阳西下，当我们身处羁旅、孤独漫步，或者当我们做事孤立无援时，所有那些脚下的弯曲小路，天空的一片浮云或一对飞鸿，眼前的一丘山岗或一方荷塘，远处的一片树林或散漫的羊群，都变成了浓郁的乡愁情怀，瞬间就弥漫在我们的心间。此刻，如果你是一个诗人，必然悲从中来，吟诵出一首充满乡愁的诗。如果你是一个普通的行人，也必然会顿生出万般的凄凉和哀愁，甚至会生出无边的惶恐。

说到乡愁，当代最有名的乡愁诗是台湾作家余光中的《乡愁》：

“小时候/乡愁是一枚小小的邮票/我在这头/母亲在那头/长大后/乡愁是一张窄窄的船票/我在这头/新娘在那头/后来啊/乡愁是一方矮矮的坟墓/我在外头/母亲在里头/而现在/乡愁是一湾浅浅的海峡/我在这头/大陆在那头”。

这首诗，以诗人一生的时间跨度为主线，先是以一个游子的情怀抒发自己对故乡家园、对母亲的绵绵思念；时光演变，最后诗人把思念故乡、思念亲人的情感升华为思念故国、怀念祖国的伟大的民族情怀，诗就突破了一般平庸狭窄的思乡局限，具有厚重沧桑的历史和民族感怀。

还有台湾作家席慕蓉的那一首《乡愁》，也写得情意绵绵、意绪阑珊：“故乡的歌是一支清远的笛/总在有月亮的晚上响起/故乡的面貌却是一种模糊的怅惘/仿佛雾里的挥手别离/离别后/乡愁是一棵没有年轮的树/永不老去”。

席慕蓉先写乡音像笛子一样清新悠远，接着写乡情像迷雾一样让人留恋和怅惘，最后用“永不老去”来表达乡愁在游子心中的永恒情怀；相比余光中的乡愁，虽然看似单薄了一些，却依然写出了乡愁的深邃与悠远，写出了每一个游子心中不灭的乡愁情怀。

历史上最著名的乡愁诗是崔颢的那首著名的《黄鹤楼》：“昔人已乘黄鹤去，此地空余黄鹤楼。黄鹤一去不复返，白云千载空悠悠。晴川历历汉阳树，芳草萋萋鹦鹉洲。日暮乡关何处是，烟波江上使人愁。”

余秋雨先生在他的散文名篇《乡关何处》中谈到崔颢的《黄鹤楼》时说：“看来崔颢是在黄昏时分登上黄鹤楼的，孤零零一个人，突然产生了一种强烈的被遗弃感。”

这意境中的昔人、黄鹤、白云、芳草萋萋、日暮、烟波、江河，恰恰都是引来万端乡愁的情境。一个才华横溢的诗人，面对此情此景，怎会没有这样的千古绝唱!

诗人从远古的传说开始，联想到千载飘荡的悠悠白云，看到隔江相望的汉阳城，目及江心小岛上的萋萋芳草，以吊古来思今，一个诗人游子的无边乡愁和失意情怀就绵绵而来了。

所以，面对这样的乡愁杰作，即使最伟大的诗人李白，也自愧不如，叹为观止："眼前有景道不得，崔颢题诗在上头。"

即使一个人一生没有离开过故乡，他的内心深处也有着淡淡的乡愁。这种情怀会在一个不期而遇的黄昏，会在一个偶然的朋友聚会中，也会在一个淅淅沥沥的雨天，蓦然来访。

而我们这些离开了故土的人，自己的心灵，就永远难以拒绝绵绵不息的乡愁了。在我们失意的时候，在我们孤独的时候，它就会随之出现在我们的眼前，给我们浓郁的温暖，也给我们无边的惆怅。

诗意氤氲的雨天

夏天的雨，说来就来，而且十有八九会伴随着狂风雷电，翻江倒海，顷刻之间，天地之间就是汪洋一片。

我喜欢这种来势汹汹、摧枯拉朽、气势磅礴的声势。

碧绿的旷野上空，片片浓重的乌云铺天盖地赶来，狂风大作，飞沙走石，一声震天的响雷，天地之间立刻被瓢泼的雨幕所覆盖了。每当这样的时候，所有农人的脸上都会露出由衷的喜悦。饥渴的田野如饮甘霖，干涸的河塘焕发生机，牲畜、鹅鸭、羊群都为这样的雨欢呼雀跃。对于乡村来说，雨就是金钱、就是生命、就是收获和希望。雨天，是农民快乐幸福的节日。

在乡村生活的时候，只要是这样的雨天，伙伴们就会披上蓑衣，拿了小网子，集合起来往场院里跑、往田野里跑、去小河边。先是在场院里打雨仗，大家根本就不惧怕雨点的威力，在雨中尽情地奔跑，尽情地嬉戏。待雨下过一会儿以后，就去与坑塘相连的小河边。田野里的雨水顺着河道流了下来，河塘里的鱼儿见了新水就会逆流而上，大家就用小网子捉鱼了。

城里的人很少有人念雨的好，大家看到的多是行路的不便。现在，因为淡水的日益匮乏，见了这样的雨，大家有时也会想起郊外水库里蓄水的增加，也不免对这样的雨有些好感了。

我很喜欢夏天夜晚的雨。不论雨的大小，做完了一天的事，听着窗外的雨声，自然生出“躲进小楼成一统”的意味，顿添一分悠然和诗意。如果看书，自然想起对联“风声、雨声、读书声，声声入耳；家事、国事、天下事，事事关心”，竟然有了一个读书人忧国忧民的情怀了。如果这时恰好有朋友来访，平添了“风雨故人来”的情致，沏上一壶龙井茶，谈诗论画，岂是神仙比得了的风雅？

夏天的雨，最美的时刻自然是雨后。乌云退尽，大风停歇，空气清新，万物如洗，所有的树木花草都生机勃勃、充满活力。如果能够再看见绮丽的彩虹，从地平线的一端架到另一端，美丽的七彩在天空美轮美奂，天地之间的景色便顿然鲜亮无比，而且增加了几分妖娆和神秘。

夏天没有雨的日子，是乏味而枯燥的；夏天里有了雨，生活才有了不尽的情致，人生才有了氤氲的诗情画意。

百姓的西湖

去杭州参加一个版权方面的会议，会议间隙，主办方安排大家游览西湖。

我第一次去杭州，对西湖充满神秘的憧憬。鲁迅写过的文章《论雷峰塔的倒掉》，许仙和白娘子的传说，苏堤春晓的美丽，三潭印月的神奇，断桥的惆怅，哪一个不是神奇而迷人啊！我们三位与会的作家代表——我和来自河北的作家张丽钧、河南作家李雪峰，都没有来过西湖，我们三人心里不免嘀咕：以西湖的名头，门票一定少不了！

可是，当我们到达西湖岸边以后，我们所有第一次去的人都万分惊诧了：西湖没有围墙，游览西湖是不用买票的！

这是多么大的一片城中之湖！这是多么奢侈的一片景色！碧波荡漾的湖水就在街道的一侧徘徊，数不清的桂花树就在湖水和街道之间盛开，湖水与城市浑然一体，市民随时随地就可以停下来，掬一捧湖水，观赏湖光山色，或者乘船去湖中游览。走在湖边的街道上，你就感觉是在湖中漫步，那无边的湖水正扑面而来。

湖边有无数的茶社和商亭，商亭里销售着西湖龙井和丝绸，茶社里则是泡好的上等龙井。无论是当地的市民还是外来的游客，随时都可以寻一个茶社坐下来，一边品尝着龙井，一边观赏着西湖美景。

湖边有很多小码头，有无数的小木船停靠着，每条船可以乘坐六个人，如果想到湖中去，随便在哪里坐上一条船就可以了。摇船的艄公同时还是导游，不停地介绍着一个个景点。艄公的介绍充满一个杭州人的骄傲和自豪。他告诉我们，西湖就是每个杭州人自家的后花园，心情好的时候，来湖边走走；遇到了烦恼，也来湖边走走。

到了三潭印月的地方，艄公特意把船停下来让我们拍照，然后向我们介绍三潭印月的中秋之夜。他说，在中秋之夜，三潭印月景点会出现32个月亮倒映湖中的自然景色，那时，所有杭州的市民都会到湖边来观赏三潭印月的壮丽奇观。

我们十几个来自不同省份的朋友，边游览边生出不尽的感慨。西湖的美景是任何一个城市比不了的，围绕它产生的历史故事和传说，它的文化底蕴，它每一个景点的内涵，没有另外一个城市中的湖能够望其项背。更让人钦佩的，是杭州人的胸怀，他们没有给西湖围上一圈围墙，把湖水与城市隔绝，而是让湖水与城市融为一体，让湖水与街道和社区融为一体，让人时刻感觉到西湖就是城市的一部分，西湖是百姓的西湖，而不是可望而不可即的神秘的贵族庄园。

在西湖整整游览了一个下午，日暮时分，我们与艄公依依惜别。上了岸，走在湖岸的桂花丛中，看着这个饱受湖水浸润的城市，心中不免有了几分羡慕和向往。

冬天的阳光

冬天来了，阳光没有了夏天的酷热，也没有了秋天的干燥与热烈。我坐在位于城市边缘的一个公寓的阳台上。光芒温热而柔情，洒满了我的头发与衣裳。

空气中到处是无边的安静与温暖。多少年没有这样的温暖了。没有猎猎的风，没有撕人心肺的寒冷，也没有那些不寒而栗的伤痛。阳光和煦而温馨，像一个博爱的女人。

房子的前面就是一片稀疏的白桦林。挺拔的枝干穿过四层楼房的高度，伸展到阳台的边缘。平直地望去，是一片黄叶斑斑的小树林，伟岸俊美的树干都隐在了树林深处。白桦林的尽头，是一带远山，山上依然是葱葱的绿意。模糊的黛绿穿过白桦林来到阳台的时候，我感觉到了冬天的辽阔与悠远。

站在最高的那座山头上，就能望到家乡，就能够望见故乡的炊烟，望见故乡的小河，望见父亲深邃的目光中含着的焦灼与希冀，还有母亲的眼眶里滚动着的泪光。

父亲的那张刀刻斧削的面孔，在一个焦灼的夏天消失在遥远的彼岸。那个时候，夏天十分燥热。多少年以来，我总是这样想，父亲是去做一次愉快的旅行，像在我童年时代一样，他总是在那条曲曲弯弯的小道上先到达前方的一个路口，而后瞩望着我稚嫩的脚步。

母亲在她86岁那一年也走了，去天堂与父亲团聚了。

想念父母的时候，我就坐在阳台上观看这片永远平静的白桦林；目光又常常沿着林中的那条小路或穿过树林的尖顶到达远处的山梁。

无论到了哪里，我还是最想念乡村里冬天的阳光。老人和孩子还有女人们，大家聚集在房屋的前面，尽情享受着阳光的照耀。鸡狗鹅鸭还有鸽子、兔子，也会围拢而来。那是怎样的和煦与温暖啊。

我了悟生命最终都将走向一个永恒，如白桦林的叶子。我在每年的秋冬都目睹着无尽的叶子飘飘零零、纷纷扬扬地落入泥土的怀抱中。这壮观的景象令我激动震颤。叶子从迷蒙的混沌中走来，经过四季的风雨盘剥，终于摆脱了世俗与虚荣，不再留恋世间的繁荣与奢华，走进命定的归宿。

我感受过苍茫原野中那冬天的阳光，所有的无奈与痛苦都曾在微弱的光芒中颤抖。我因而曾崇拜夏日的骄阳、春天的绿色、秋日的荣光。可是，最终我从这个冬天的阳光中得到壮丽的洗礼。

太阳每天都会升起，黑夜之后即是黎明。只要有种子存在，一切就有希望。当春风吹来时，种子就会在春的沐浴中绽出嫩绿，结出硕果。这是季节给予生命的全部含义。在这个季节里，我尽可以将过去所有岁月中的不幸与磨难抛到生命之外，重新赋予生命一种全新的意义。

德国哲学家和诗人尼采说："每一个不曾起舞的日子，都是对生命的辜负。"在我们的生活中，之所以那么多的人平庸无为，就是因为自己为自己戴了两副镣铐：一副镣铐，铐住了大脑，锁住了思路；另一副镣铐，铐住了双脚，让自己变得懒惰而止足不前。

我知道，生活总是在给你苦难的时候，同时给你准备好了一扇窗。所以，我从来都没有怀疑过：总有一天，我会以自己奋斗获得的名望，站在世界最耀眼的舞台上歌唱。

生命中，总有一种隐隐的豪情，引领着心灵踏上那条壮阔的丝路。我坚定地相信，只要自己不放弃追寻，一定会在某个黎明，到达神奇而壮丽的世界。在那个世界里，生命自会得到无比的尊敬，实现崇高的价值。

不论经历多少风霜雪雨，世界总是以时间和耐心，静静地等待着坚强而勤奋的攀登者，到达光荣的圣殿。

叶子落尽了，白桦林更现出挺拔的洒脱之美。林中的那条小径也依稀可见。冬天的阳光拥簇着白桦林。辽远的大地上已经有了一丝绿色的影子，我为此激动不已。

春节，乡愁弥漫的期待

只要到了春节，人们首先想到的就是除旧迎新，它给人们带来无限的憧憬和期待。

因为，千百年以来的中华文明，是以漫长的农耕社会为主要特征的。大自然以一年为一个周期，分为春夏秋冬，人们的生产也是春种夏养秋收冬藏，生活的节律与生产的节律一致，上一个周期过去，下一个周期开始。而春节，正处在两个周期的中间临界点上，既是前一个周期的结束，又是下一个周期的开始，因此，它就担负了重要的具有里程碑意义的使命。

一个自然和生命的周期结束了，不论是成功者还是失败者，过去了的都已经无法挽回，大家重新站在了一个起跑线上。同时，也可以认为，特别是对于上一个周期中失败的人，生活又给了他重新再来的机会。而对于成功的人来说，也是再上新台阶的起点。

本来是一个普通的时间概念上的日子，由于被赋予了这样的意义，它在人们的心目中自然也就变得不同了。在数千年历史中，它被不断创造、选择、约定俗成和强化，并通过大量密集的民俗方式、五彩缤纷的节日包装、难以计数的吉祥图案，构筑起理想主义的万千图腾。

在这样的一个日子里，所有的人都在想，不管将离我们而去的这一个周期，有多少成功、喜悦、欢乐、幸运、失败、遗憾、失算和痛苦，此刻都已经跑到身后，我们与别人一样重新面对着一个新的周期。过去的一年是已知的、既定的、不可更改的；新来的一年是未知的、全新的、可以把握的。

所以，人们自觉地遵守着种种禁忌。忌哭，忌摔碎东西，忌说不吉利的话，其实是希望过去的不幸与烦恼不要在下一年出现。人们因此用门神画、钟馗像、鞭炮、压岁钱等辟邪，用福字、春联、烟花、灯笼、财神像、蝙蝠图案、八仙图案、金鱼、石榴等期盼新年里一切如愿。

而对于那些身在异乡或者身在异国的游子，春节是深刻而久远的记忆，是内心深处难以释怀的思乡情结，就像古街老巷里飘香的陈年老酒。伴随着时令的脚步，那种淡淡的思乡的忧愁，就悄悄地荡漾在眼前了。

同样是春节，城市和乡村是截然不同的。我在乡村出生，在那里长到18岁，然后在城市里读书工作30多年——在城市的时间长度早已经超过在乡村。但是，每当春节临近，自己却会毫不犹豫地告诉朋友，自己要回故乡去。然后就开始留心要带回家的东西——给老人的点心、给大哥的烟酒、给孩子们的新衣服和书籍、给儿时同伴的纪念品等，统统买回家，放在一起，总会担心到时候走得匆忙忘记了哪一件。即使这几年，我的父母都已经过世了，我依然坚持着回故乡过节的习惯，因为，在我看来，只有故乡的春节，才真正有那种浓浓的年味儿。

在城市生活30多年，我只在城市过了两次春节。第一个春节是因为爱人怀了孩子不方便坐长途车，第二次是次年因为孩子太小，后来就再也没有在城市里过年。但就是因为过了这两次，我就再也不愿意过城市里的春节了：就像平日一样起床看电视，朋友们互相打个电话问候，吃一顿平时常吃的水饺，同平时的生活哪里有什么两样呢？

可是，在乡村里，那是怎样的情景啊！进了腊月，附近几个集镇上的大集就热闹起来了。几个集镇的时间会错开，大集几乎天天有。每个集镇上都会有说书的、唱戏的，鞭炮市里鞭炮声响个不停，牛羊市里公羊捉对儿抵架。女人们都会聚集在服装市场里挑选过春节的新衣服，青年人和孩子们都在牛羊市场和鞭炮市场里凑热闹。孩子会买下一挂一挂的鞭炮回家。下午集散的时候，从集镇到一个个村子的小路上，无数的鞭炮声就炸响在半空中，传扬到一个个村庄，村庄里的人们就会说：春节到了，有年味儿了。

乡村里的节日是从腊月二十三开始的，这一天俗称祭灶，也称为“小年”。在这一天，各家各户要把房子打扫干净，拜祭灶王爷。灶王爷像上大都印有“东厨司命主”“人间监察神”“一家之主”等文字，以表明灶神的地位。两旁贴上“上天言好事，下界保平安”的对联，以保佑全家老小的平安。

除夕的下午是贴春联的时刻，家家户户张红贴彩，挂红灯笼。过去，春联大都是村里会书法的人写的，那样的人被称为“乡村书法家”。自己买了红纸和笔墨，送到“乡村书法家”的家里，到了除夕去取。因为都是亲属或者近邻，人家不会收费，都是义务劳动。这样的书法家，每个村子里都有，他们往往因为会一手书法而在村里备受尊敬。我的叔叔就是村里的书法家，一到腊月，村里人家送来的红纸就多得放不下，都是来请他写春联的。

到了除夕夜，村庄的街道上熙熙攘攘。每家的孩子都打着灯笼到街上来了。大街上，胡同里，院子里，到处是晃动的灯笼，孩子们追逐着，看看谁的灯笼最亮、谁的灯笼最好看。

大年初一是男人的世界。凌晨两三点钟，成串的鞭炮声在各家的院子里响起来了，这是吃水饺前必需的项目。然后，家里的男性长辈就会率领子孙走出家门，去给村里的长辈拜年。我们那个村子很大，这个过程总是会持续两三个小时的光景。我们村这些年仅仅高考走出来的学生就有一百多人，大家分布在全国各地，过年的时候基本都会回来，这些人自然成为村里的风景。到了每个家庭，给长辈拜年以后，说说自己所在城市的事情，谈谈自己的工作和事业，那种殷殷的关切，溢满情怀。

从初二开始，就是走亲访友的时间了。乡村所有的道路上，南来北往的人络绎不绝。这个项目一直持续到正月十五的元宵节，一直到吃完了元宵，飘荡在乡村里的浓浓的年味儿才渐渐散去。

我知道，我是永远也放不下乡村的节日了。我的孩子尽管出生在都市，但是，在我带他回老家过了几个春节以后，他也对于乡村的年一往情深，还没有进腊月，就开始盼望着返乡过春节的日子了。

人们常常说：“太阳每天都会升起，我们与所有人一样，每天迎接灿烂的黎明。”这句话放在春节这样的时刻，是再恰当不过的了。

春节到了，乡愁弥漫，但更浓的是殷殷的期待。

柳色如烟

春天来了，哪里最是好去处？哪里最先透露出春天的信号？

没有另外一个地方比长满柳树的河边最先奏出春天的乐章了。去河边看柳！

济南的环城河两岸，是清一色的柳树；大明湖边，也都是柳树；著名的72泉群里，更是柳树的天下。所以，济南自古有“四面荷花三面柳，一城山色半城湖”的美誉。这副现在镶嵌在大明湖小沧浪园的对联，也成为济南生动的写照。

而与济南的这副对联有一比的是描写扬州瘦西湖的“两岸花柳全依水，一路楼台直到山”。经过千里奔波到达扬州的大运河，两岸杨柳依依，柳色如烟，烟雨江南的景色尽收眼底。这副对联成为扬州廿四景之一“西园曲水”的代名词，镶嵌在石坊上，名曰“翔凫”，临岸贴水，状似待客游湖，意境幽远，将乘舟游览瘦西湖所能看到的景致，刻画得惟妙惟肖。

唐朝诗人韦庄的《台城》云：“江雨霏霏江草齐，六朝如梦鸟空啼。无情最是台城柳，依旧烟笼十里堤。”“江”“雨”“草”三者交衬共融，与岸边杨柳一起构筑出一派迷蒙清幽、如烟似雾的境界。而堆烟叠雾的杨柳绿遍十里长堤，则衬托出大自然生机勃勃、逢春必发的万千景象。

但如果论柳的浪漫和凄婉诗意，则要首推宋代柳永的《杨柳岸晓风残月》：

寒蝉凄切，对长亭晚，骤雨初歇。都门帐饮无绪，留恋处，兰舟催发。执手相看泪眼，竟无语凝噎。念去去，千里烟波，暮霭沉沉楚天阔。

多情自古伤离别，更那堪，冷落清秋节。今宵酒醒何处？杨柳岸，晓风残月。此去经年，应是良辰好景虚设。便纵有千种风情，更与何人说！

这首宋词中的代表作，把河岸之柳带进了千年词坛，每当诗家词人到了河边水岸，哪个不发“杨柳岸晓风残月”的吟诵！这首词原为唐教坊曲，相传玄宗避安禄山乱而入蜀，时霖雨连日，栈道中听到铃声。为悼念杨贵妃，便采作此曲，后柳永用为词调。这首词抒发的是作者酒醒后的心境，也是他漂泊江湖的感受。站在河边柳树下，看着随风飘动的杨柳，作者表达难留的离情；用晓风凄冷表达别后的寒心，用残月破碎表达此后难圆之意，将离人凄楚惆怅、孤独忧伤的感情，表现得十分充分、真切，创造出一种特有的意境。

如果说哪首咏柳的古诗最为著名，当然是唐朝诗人贺知章的《咏柳》：“碧玉妆成一树高，万条垂下绿丝绦。不知细叶谁裁出，二月春风似剪刀。”

这首诗因为入选了小学语文课本，不仅成为一代代中国少年学习古诗的范本，也赋予了柳树婀娜多姿的浪漫情怀。这首诗，把杨柳曼长披拂的枝条形象，比拟成美人苗条的身段、婀娜的腰身。上句的“高”字，衬托出美人婷婷袅袅的风姿；下句的“垂”字，暗示出纤腰在风中款摆。诗中没有“杨柳”和“腰肢”字样，然而却把这早春的垂柳如美人般婀娜的形象写活了。

更妙的是“不知细叶谁裁出，二月春风似剪刀”。诗人借柳树歌咏春风，把春风比作剪刀，说它是美的创造者，赞美它裁出了春天。诗中洋溢着人逢早春的欣喜之情。在贺知章之前，有谁想过春风像剪刀？把乍暖还寒的二月春风由无形化为有形，显示了春风的神奇灵巧，《咏柳》也因此成为咏物诗的典范之作。

杜甫的《腊日》有句：“侵陵雪色还萱草，漏泄春光有柳条。”也是歌咏杨柳的名句。诗人告诉人们，忘忧草还承受着雪色寒气的侵袭，可是，柳树的枝条已经开始吐绿，报告人间万物复苏的春天就要来临了。

南宋僧人志南的《绝句》：“古木阴中系短篷，杖藜扶我过桥东。沾衣欲湿杏花雨，吹面不寒杨柳风。”也是把柳与春风联系在一起。诗人在微风细雨中拄杖春游，通过小桥，一路向东，正好有东风迎面吹来，杨柳枝随风摆动，给人以春风生自杨柳的印象。

春天来了，万物复苏，而最先报告春消息的是万千杨柳。柳色如烟，给我们带来了多少美妙的诗意和浪漫。